すべての愛について

浅田次郎

幻冬舎文庫

すべての愛について

目次

白川　道＊経験によって失われていくもの　7
中場利一＊半分、金出すから買え　25
鈴木光司＊まずは夫婦の仲がいいこと　39
藤原伊織＊小説、涙、ギャンブル　59
阿川佐和子＊僕は人を好きになると愛の言葉を百万回言います　75
森まゆみ＊オタクふうに……'97今年の本　93
中井貴一＊ひとり歩きが長いよね　105
五條　瑛＊体力こそが小説家になる第一条件です　117

天海祐希＊母娘愛憎　133
北方謙三＊ゼイタクしなけりゃ男じゃない　147
古処誠二＊戦争小説の照準　起床↓洗面↓仕事　迅速果敢に書くべし！　169
草野　仁＊馬主はやめられない　183
丸山あかね＊『椿山課長の七日間』の真実　197
山本一力＊時代小説にみなぎる活力　217
米田雅子＊〝まちづくり〟〝国づくり〟を語る　233
菅野覚明＊日本原理主義宣言！　247
文庫あとがき　273

経験によって失われていくもの

白川　道

しらかわ　とおる
一九四五年生まれ。作家。
九四年、『流星たちの宴』で衝撃のデビュー。二〇〇一年、『天国への階段』が大ベストセラーとなる。他の著書に『最も遠い銀河』『竜の道』『祈る時はいつもひとり』『身を捨ててこそ　新・病葉流れて』など多数。

歳とともに身近になる死

白川　体調を崩してダウンしたと聞きましたけど、その後はいかがですか？
浅田　今は大丈夫です。年末年始のスケジュールがきつくて。何百枚だか書いたんですよ。
白川　それは、爪の垢を煎じて飲まなきゃ（笑）。
浅田　それが一段落して温泉に行ったんですけど、過呼吸症というのになっちゃって。
白川　やっぱり、過労ですか？
浅田　他に考えられる原因はないから。そのときはパニックですよ。
白川　俺ももう終わりかな、って？
浅田　本気で死んじゃうと思った。はじめは、脳梗塞かなって思ってね。
白川　私も去年の十一月にね、防府に競輪に行って――仕事じゃないのがあれだけど（笑）――帰りの飛行機の中で、それまで経験したことのないような気持ちの悪さが下からザーッと上がってきて……。
浅田　酔ったんじゃないですか？
白川　乗り物は大丈夫なんですけどね。すぐ、備え付けの汚物容れに吐いちゃって。あのときは本当に死ぬかと思ったな。

浅田　若い頃は、死という言葉は思い浮かばないけど、歳を取るとともに身近に感じますよね。昔は、そのまま死んじゃってもいいやという気持ちがあったけど。今は、ここで死ぬと、せっかく作家としてなんとかなってきたのに、これから来るであろういい目を見られない（笑）。

白川　歳を取ったなと感じだしたのはいつ頃からですか？

浅田　ここ二年ぐらいですかね。

白川　やっぱり、仕事が忙しくなってからですか。

浅田　僕はずっと健康優良児だったんですけどね。四十を過ぎて、まず目がだめになった。突然、近視になったんですけど。それが始まりで、次が四十肩。

白川　私もやりました。目に来て肩に来て……。

浅田　それから下に来て（苦笑）。

白川　私はまだそれは来てないけど（笑）。でも、突然、役に立たなくなったらショックでしょうね。

浅田　白川さんには色気があるから、まだまだ大丈夫でしょう。みんな言ってますよ。白川さんには色気がある。

白川　そうですか？　じゃ、それを武器に使わない手はないですね（笑）。

街にこびて生きるということ

白川　あるとき、あの鉄のゲージツ家のクマさん――篠原勝之さんと飲んだんですけど、「おめえはよう、街にこびて生きてるんだろう」と言われましてね。
浅田　いい言葉ですね。
白川　なるほど、なかなかの名ゼリフだと――。私が今のところに住んでるのは、街にこびて、稼ぎがなくても食わせてくれるとか、飲ませてくれるところがあるという計算があったんです（笑）。
浅田　そういう意味ですか（笑）。もっと、文学的な意味じゃないんですか。
白川　いや、もっと即物的だった。でも、街にこびるという表現は実におもしろいと思いましたね。
浅田　大都会の真ん中のマンションで生活してる作家の方も意外と多いですけど、書く上ではいいものですかね？
白川　書く上で……と言われるほど仕事しないから（笑）。

浅田　便宜上（笑）。

白川　私はものぐさなんですよ。最近は博打《ばくち》場以外には、面倒だから行かないし。何か用があっても、タクシーに乗ればどこにでも行ける。そういう意味で、今のところに。

浅田　博打以外は出かけないってことは、仕事してるんでしょう？

白川　いやいや、これ、見栄で言ってるんじゃなくて、本当に仕事してないんです。もう、自分でも嫌になっちゃう。前に、浅田さんから一日に十枚書くと聞いて、考えちゃいましたから。

浅田　そんなこと、言いましたっけ？

白川　偉いなぁと思いましたよ（苦笑）。私の場合は、追い詰められないとだめなんです。で、これはもうほんとにヤバいとなって、十何時間も机に向かう。そういう仕事のしかたしかできないんです。

浅田　でもね、一日十枚で月三百枚書くと息があがりますよ。毎日きちんと十枚書けるわけじゃないし。それに、十枚って多い方じゃないでしょう？

白川　中には化け物みたいな人がいますね。七十枚とか。

浅田　月に？

白川　一日で。

浅田　それは化け物だ（笑）。

白川　でも、浅田さんは真面目だから、もうかなり本が出てるでしょう。
浅田　そんなに出てませんよ。去年だって新刊は『プリズンホテル　冬』だけだし。
白川　私なんかたったの二冊ですよ（笑）。それでもの書きだって顔しちゃいけないですよね。

経験することによって失われていくもの

白川　浅田さんは他の方が書いたものも読まれますか？
浅田　割合多いんじゃないですか。
白川　私は最近、読まなくなっちゃいましたね。
浅田　僕も、いわゆる読者としての読み方ができないから、読んでいてもつまらないですけどね。
白川　おもしろさを求める読書ができないでしょう。
浅田　そうそう。俺ならこうするのにな、とか考えちゃってね（笑）。そうすると、感動も何もないんです。だから、最近は資料とか読んでる方がおもしろいですね。
白川　読み方が不純だから、小説に関しては読書の楽しみが完全に奪われましたね。ただね、これはお世辞でもなんでもないんだけど、私の読書好きの友人が浅田さんの本を読めと強烈に推薦するんです。それで読んで、感心したんです。
浅田　それはどうも……。
白川　私なんかに誉められてもなんにもならないけど（笑）。私のその友人というのはとても本が好きで、その本がおもしろいかおもしろくないかの分岐点は、書き手の志だというんですね。
浅田　なるほど。
白川　志といっても、上昇志向とかじゃなくて、自分にとって何が大切か、というようなことを根底からはずさない、そういう意味の志を持った人の作品がおもしろいと、言うわけです。その友人が浅田さんの本を推薦してくれたので読みましたけど、なるほど浅田さんも志のある書き手なんだなと感心したわけです。うまい、とも思ったし。
浅田　照れますな（笑）。
白川　別に競馬で当たった金のおすそ分けをもらおうと思ってるわけじゃないですから（笑）。でもね、読んでると伝わってくるんですよ。浅田さんは、昔からこの仕事をやりたくてしょうがなかったんだな、というのが。
浅田　そうですね。他のことは何も考えてなかったですから。俺は小説家になるんだ、とそれだけです。

白川　最初、「極道作家」みたいなレッテルを貼られてたでしょう。でも、最近のお書きになったものを読むとぜんぜん違う。それは意識的にそうされてるわけでしょう？

浅田　そうです。本当の正体はこっちなんだよ、と。結局ですね、真面目な小説を書いては投稿したり、編集者に読んでもらったりという生活を二十年ぐらい送ってたんです。でも、そういうのは箸にも棒にもひっかからなかった。

白川　ふーん。

浅田　そのうち、作った話よりも僕が経験した話の方がおもしろいということになって、それを書いたら、すぐ本になっちゃったんです。俺は今まで何をやってきたんだ、と思いましたけどね（笑）。

白川　それで出てきちゃったから、今は路線変更してるんだと。

浅田　そうです。白川さんも同じだと思うんですけど、過去のことは思い出したくないという気持ちの方が強いでしょう？

白川　まったくその通りです。

浅田　白川さんの『海は涸《かわ》いていた』も、素晴らしい小説なんだけど、主人公の境遇とか自分に近いところがあって、身につまされちゃったりするんです。

白川　そうですか。

浅田　自分の体験談を書けばおもしろいというのはわかるんです。でも、やる気にならない。『プリズンホテル』のシリーズにしても、漫画チックに戯画化して書いてるから書けるんです。

白川　わかります。もう、浅田さんの考え方が正解ですよ。私もデビュー作の『流星たちの宴』も、書くのは嫌だった。別の話を書きたかったんです。ただ、新人がデビューするにはこれが一番手っ取り早いし話題にもなるだろうという感じでしたね。

浅田　しばらく時間が経ってから、別の書き手にこういう話があるんだけど書いてみないか、というようなことはできるかもしれないけど。

白川　結局、浅田さんのやりたいことは、小説としてのおもしろさを追求するということでしょう。

浅田　そうそう。だから、初対面の人にたいてい言われるんだけど、「いろんなご経験がおありですね」っていう台詞が一番嫌いなんだ（笑）。

白川　そうでしょうね（苦笑）。

浅田　もちろん、経験というのは大事だし、自分の小説にも経験は投影されてる。でも、経験することによって失われていくものというのは、もっと多いんです。

白川　そうなんですよね。私も自分の経験で得たものといえば、人生観とか死生観ですね。

それは私の小説に確実に生きている。ただ、それだけで小説を書いてるわけじゃないんだから、経験があるから書けるんだ、みたいなことを言われるとね、冗談じゃないと思いますよ。

浅田　昼間は、金を返せだのなんだのやってるんですよ。それが家に戻ってきたら豹変しちゃって恋愛小説なんかを書いてる（笑）。そういう日常を続けてると、感性が失われていくのがよくわかるんです。恐怖でしたよ。昼間、命を狙われるのも恐かったけど……。

白川　なるほど。

浅田　掌から感性が砂のように零《こぼ》れていくのがわかるんです。きれいな文章が書けなくなる。きれいなものがきれいに見えなくなる。

白川　浅田さんのような人にとってはそれは本当に恐怖でしょうね。私の場合は小説家になろうと考えだしたのは本当にごく最近のことですから、でたらめをやっていた時代には心の支えというものがなかった。相場みたいなでたらめなものを秒刻みでやってると、一日が終わると気分がザラザラになるわけです。

浅田　わかるわかる。

白川　浅田さんのように小説家になりたいという防波堤がないから、段々ニヒルになっていくんですね。用もないのにサンダルつっかけてとつぜん飛行機で大阪に行っちゃったり。

浅田　歯止めがなくなっちゃうんですよ。金と時間に追われてると、どこかで思考停止しちゃう。プツッと。

白川　だから、昔のことは、隠したいというか、触れたくない、忘れたいというのが本音ですよね。

文章修業について

白川　でも、浅田さんは本当に書くことがお好きなんですね。すごい武器ですよ、それ。

浅田　昼間きつい仕事をやってるじゃないですか。それで家に帰る。もう、車の中でウキウキしてるんです。これから小説が書けるっていうんで（笑）。まるで、麻雀好きの人が久しぶりに雀荘にいくときのような高揚感がありましたよ。今でもそれが変わらないんです。

白川　根っからの小説家だね。本気で爪の垢もらおうかな（笑）。それだけ小説家になりたかったということは、やっぱり文章を修業したとか、だれかをお手本にしたということがあるわけですか？

浅田　僕は特定の人はいないんですけどね……中学校の先生に、小説家になりたかったらやらなきゃいかんというので、古今の名作を筆写する方法というのを教わったんです。

白川　ほう。

浅田　先生もいいかげんなことを言っただけなんだろうけど、それをかたくなに信じちゃって、三十ぐらいまでいろんな人の作品を、毎日何時間もかけて筆写してたんです。
白川　それは……（絶句）。本当に筋金入りなんだなぁ。
浅田　無駄じゃなかったと思いますよ。
白川　私は文章修業はそんなにしたことがないんですが、ちょっと一般社会からさよならしてたときに（笑）、例えば川端康成の『千羽鶴』の文章を書き換えてみるというようなお遊びをやったことがありますけど。一文一文が非常に長いので、それを短文に書き換えたらどうなるかというようなことをね。
浅田　僕はだから、例えば『細雪』を何カ月もかけて筆写するわけですよ。すると、そのときは完全に影響されてる。三島由紀夫を筆写したら三島由紀夫に影響されるし。
白川　そうやって筆写して、感じ入る作家ってどれぐらいいましたか？
浅田　永井荷風、泉鏡花、横光利一。この三人の文章に関しては、写していて「かなわんなー」と思いました。だからといって、この三人に影響されてるわけじゃないですけど。
白川　その辺の作家って、私、読んでないです（笑）。
浅田　やっぱり、三島由紀夫には感染してるかな、今でも。あの人も特殊な文体だから。川端康成さんも特殊だけど。

白川　川端さんで感心するのは、『伊豆の踊子』を十二年もかけて書いてるんですね。短い作品なのに。何度も何度も手を入れ直して十二年。

浅田　それでもいじくりまわした形跡を感じないからすごいですよね。

白川　彫金細工をほどこしてるようなものなんでしょうけどね。

浅田　白川さんはあんまり文章修業してないということだけど、影響を受けた作家とかはいるんじゃないですか？

白川　そうですね……小説家になろうか、と思ったのは実は北方謙三さんの『檻』を読んだときなんです。なんとなく手にして、衝撃を受けて一晩で読んでしまった。

浅田　北方さんはそうでしょうね。僕も虜になったな。

白川　ストーリーがどうのこうのじゃなくて、その簡潔さに痺れたんです。何かで読んだんですけど、究極の小説というのはいかに書かないでいかに感動させるかだというんです。いかに書くことを削ぎ落としていくか。『檻』に関してはそこですごく衝撃を受けました。もう、本がぼろぼろになるぐらい繰り返し読みましたね。

浅田　うんうん。

白川　私の小説が北方さんのに似ていると言われれば、影響は確かに受けている。ゴテゴテ書いちゃいかん、ということを学びましたから。

浅田　ただ、白川さんと北方さんは似てるかもしれないけれど、書き方が違うでしょう。例えば、男と女の書き方は明らかに違う。どっちがいいという話じゃないですけどね。

白川　いずれにせよ、私は勉強嫌いだから、時代小説は書けませんから（笑）。もう、断言してもいい。それから、私は語感というか、耳によく響く音に気をつけて書いてますね。それはまあ、だれに影響を受けたというのではなく、いろんな小説を読んで、自分で書いていく中で考えたことなんですが。

浅田　それは大事です。僕も自分の小説はひととおり音読しますよ。近所の人は変に思ってるかもしれないけど（笑）。

底に流れる倫理観

白川　でも、北方さんはすごいですよ。ずっとハードボイルドでやってきて、それが時代小説を書いて。

浅田　本当にすごいと思います。ただ、最初に肉体の衰えの話が出たけど、そうした現実的な変容があると、我々書き手の書くものも当然変わってくるというのはあると思う。

白川　ハードボイルドを書いていた人が、四十肩になってね（笑）。

浅田　北方さんがそれで時代小説を書いたというわけじゃないけど、そこで書けるというパワーがすごいよね。ところで、白川さんはハードボイルド作家に類別されてるみたいですけど、ご自分ではどう思ってます？　書いてるものを読むと、僕はちょっと違うと思うんだけど。

白川　ハードボイルドを書こうと思って書いたことは一度もないですね。それから、二作めは新潮社のミステリ倶楽部という叢書に入ったんだけど、ミステリだとも思っていない。何なのかといったら、正体不明だろうし。自分がおもしろいと思って書いたものがおもしろければいいかな、というぐらいですよ。ただ、売り出すのにレッテルを貼る方が都合がいいというならどうぞという感じですね。

浅田　でも、ジャンル分けってあまりいいことじゃない。僕なんか「ピカレスク」とかいう肩書きだもの。悪いやつって意味でしょう（笑）。

白川　私なんか「ろくでなしエレジー」ですよ（笑）。

浅田　無頼派というのもあったな。僕が無頼でもピカレスクでもないことは編集者さんたちが一番ご存じのはずなのに。

白川　浅田さんはロマンチストですよ。

浅田　昔、苦労しすぎて、書くものがお涙話になっちゃうぐらいですから（笑）。白川さんもなりません？

白川　私の書くものもお涙ばっかりです。

浅田　自分で書きながら「くせえなあ」と思うんだけどね（笑）。可哀想だと思いながら、どんどん可哀想な方向に持っていっちゃったりするでしょう？

白川　します。自分で書いてて涙ぐんじゃったり（笑）。感情移入が激しくなっちゃうんですよ。それに、ハッピーエンドで終わる小説に興味がないんです。

浅田　僕もどちらかというと苦手だな。

白川　来年は恋愛小説を書こうと思ってるんですけどね。悲しい話になっちゃうのかな。

浅田　恋愛小説、いいじゃないですか。白川さんなら絶対にはまりますよ。僕はだめだけど。

白川　そんなことないでしょう。でも、私もそうなんだけど、浅田さんの作品も濡れ場は少ないですね。

浅田　照れるでしょう？

白川　照れますね。それに、私は意外と倫理観が発達してるんですよ（笑）。

浅田　僕は、昔、濡れ場のある小説を読んでいて、自分が将来小説家になってこのような濡れ場を書いて、親が読んだらどうしようと思ったのね。トラウマ（笑）。それがいまだにあって、女房や子供がこれを読んだらどうしようと思うと、濡れ場は書けない。

白川　雑誌で、読者サービスのためと思って、濡れ場を書いたんです。でも、しどろもどろになっちゃって、まったく同じようなシーンを二回書いちゃってた(笑)。
浅田　やっぱり照れるんですよ。僕たちには濡れ場は書けそうにもないね。
白川　ところで、浅田さん新作は？
浅田　『蒼穹《そうきゆう》の昴《すばる》』という中国の清朝末期を舞台にしたビルドゥングス・ロマン。
白川　へぇ。何枚ぐらいの作品ですか？
浅田　千八百枚。二年かかりました。自信作なんで、ぜひお読みになってください。初めて自分らしいものを書いたんじゃないかな。
白川　それはぜひとも読まなきゃ。でも、千八百枚か……私は、死ぬまでに二十冊は本を書きたいなと思ってるんだけど、一冊千八百枚じゃ無理だな(笑)。
浅田　こういうのはどうですか？　白川さんと僕がネタを交換するの。白川さんの体験を僕が書いて、僕の実体験を白川さんが書く。同じかな？
白川　やっぱり身につまされちゃったりして(笑)。
浅田　痛々しくて書けなくなって(笑)。

掲載　「小説すばる」　一九九六年六月号

半分、金出すから買え

中場利一

なかば　りいち
一九五九年生まれ。作家。
著書に『岸和田少年愚連隊』『バラガキ』など。

「昔、すごい八百長を見たことがある」（中場）

浅田　僕と中場さんは、いくつ年違うのかな。何年生まれですか？
中場　僕は昭和三十四年です。
浅田　僕は二十六年ですから、八つ違う。これだけ違うと世代がちょっと違うよね。東京オリンピックは覚えてます？
中場　うっすらとですけど。あと、浅間山荘事件のときは親父が仕事休んでずっと見てたこと覚えています。
浅田　へえー。浅間山荘のときは僕は自衛官でしたからね。
――今回は、おふたりに、〝男の快楽〟についてお話しいただきたいと思うんですが……。まずギャンブルのお話あたりから。
浅田　ギャンブルっていっても僕は競馬専門なんです。競馬場っていうのは昔はものすごく殺伐としていたけど、今は非常にパブリックになりましたね。上品になったよ。
中場　上品です。でも、競輪はあまり変わりませんね。僕はボート専門なんですけど、ここも変わらないですもん。

浅田　中場さんも同じだと思うけど、今や僕にとって競馬はストレス解消なんだよね。楽しみでやってない。仕事に追いまくられて、仕事途中に「競馬やりてえなあ」って。そんなんじゃ勝てるわけない。

中場　僕も勝とうと思って行ってない。とりあえず行こうと。寂しいですけどね。昔は勝とうと思って……。ごっつい意地汚なかった。とにかくひとつ勝とうと思ってただけやから。

浅田　やっぱり耐え忍ぶことを知らないと勝てないね。朝から晩までずっと競馬場にいても一レースも買わない日もある。そういうふうにならないと勝てないよな。

中場　そういえば、競艇ってけっこう八百長ありましたよね。

浅田　え？

中場　十年くらい昔かな。あるレースについて、

「三周回らなアカンところを二周でピットへ帰るから二着が来る」

という情報が西成周辺で流れたんですよ。それで、そのレースに全部突っ込んだんですわ。実際、そのとおりになって（笑）。「チョンボしおった！」って、何も知らないオヤジたちは暴動起こしてました。

浅田　すげえ八百長だなあ。途中でやめちゃうの？　その情報が西成に流れるってのはすごいね。ほえーっ。

中場　当然、僕らは「やった！」と大喜びしていたんです。しかし、世の中はそんなに甘くない。二着、三着は情報と全然違う艇《ふね》が来てしもうた（笑）。それでえらい目に遭《お》うたことがあります。

浅田　それ、ダブル八百長じゃないの。すごいなあ。別の八百長の情報を流して。そうしたらオッズも上がるわけだからね。みんながウソの情報に突っ込むわけだから。それ、小説にできるよ（笑）。

中場　それ以来、人間を信用してないもん（笑）。

浅田　何十年も競馬場に毎週通ってると友達もできる。でも、やっぱり消えていく人も多いんだよね。

中場　潰《つぶ》れていく人はけっこういてますね。

浅田　見てて、ずっと昔からいるなって感じの人はね、不思議とネクタイ締めてるんだ。きちんとしたなりしてる。

中場　けっこう羽振りのええ人がおったんですよ。財布の中を見たらゴールドカードがたくさんあって。レースも十万単位で買《こ》うていて。ピットから艇がブーンて走り出した瞬間にエズく（編集部註・大阪弁で「吐きそうになる」の意）んですよ。ウウウッて（笑）。それ見てすごいなあ、勝負師ってこんなんかなあ、格好ええなあと思ってたけど。よく考えてみたらヤバイ人やないかと（笑）。

ギャンブルに入れ込んで自分を見失う人って、まず、競艇場に乗ってくる車が汚くなってくるんですよ。そのエズいてた人も今は競艇に来てないです。

浅田　潰れないためには、お小遣い帳をつけることがひとつだね。セコイって思う奴は、バクチがどういうものなのかわかってないんだ。そうすると、おのずと自分のキャパが決まってくる。今日は金があるから三十万円持っていこう。今日は金ないから一万円にしよう。そういう感じでやるとまず勝てない。

競馬を覚えてないんですよ。だって、三十万持って馬券買うときと一万のときは買い方が違ってくるからね。自分の予想のスタンスを覚えられない。キャパを十万と決めたなら、八万円しかないときは行かない。二十万円持ってても、十万円しか持っていかない。そうすると競馬を覚えるよ。

「僕の父親は京王閣で死んだんだ」（浅田）

中場　うちの親父はしょっちゅう競輪選手を家に連れてきたんですよ。夜中の二時、三時に連れてきて。僕が寝てたら「起きれー」言うんです。眠たそうな顔で起きたら「俺に恥かかした」って、もうボッコボコですよ。
家には、めったに帰ってきいへんのですよ。やっと帰ってきたと思ったら競輪選手連れている（笑）。なんやったんやろ、あれは。
浅田　お父さんが博打《ばくち》好きだったら、子供にはうるさかったんじゃないですか？　博打はやるなって。
中場　口では言わんかったけど、競輪場の中で会うたりしたら追いかけ回されました。
浅田　うちの親父もそうだった。競輪狂いでねえ。最後、京王閣競輪で死んだんだけど（笑）。日本中、競輪を追い回して家に帰ってこない。共通してますよね。
僕がどんな失敗をしても文句を言わなかったけど博打だけにはうるさかった。
中場　女の腹をふくらませたり、タバコや喧嘩やっても何も言わんけど、博打やると頭、蹴りまくられましたもん。次の日から、一緒におった仲間とウロウロしてるだけで「もうあいつらと遊ぶなー」って。
勝手やなあと思いましたね。
浅田　で、自分はボンボンボンボンやってるんだ。子供にはやるなと言いながら。それだけ怖さを知ってたんでしょう。僕も博打を長くやってきた今、子供に博打はやってほしくないと思うもの（笑）。

――博打にかかわらず、儲かって仕方がないっていう時期ってありましたか？

浅田　一攫千金時代ってのは何度もあったんだよね。その中でも、ねずみ講はずば抜けてましてね。自衛隊を出てすぐ小説家になろうとした矢先に、ねずみ講に……。

中場　儲かりましたか。

浅田　何もしないで月に何百万も入ってきた。当時二十一歳ですから、たまんないですよ。さっきの金銭感覚があるっていう話とすごく矛盾するんだけどさあ。金銭感覚ずれるんですよ。

まず、ワイシャツが使い捨てになる。家に帰ってきたらゴミ箱に捨てちゃうの。金はあるから、当時、原宿にあったオーダーメイドの高級ワイシャツを百枚くらいバーンと作らせていた。それを毎日一回着ただけで捨てるんですよ。あと、毎朝、床屋に行くという習慣もあった。自分で頭にクシ入れるのが面倒っていう理由で。タクシーに乗ったってワンメーターのところへ行って一万円渡して釣りをもらわず降りちゃう。もう狂気の沙汰ですよ。

中場　浅田さんにつられて俺も告白するけど（笑）。僕は十七のとき、ゲーム機を盗んでね。それを、あっちこっちのポーカー屋に置いてたんです。そのトシにしたらびっくりするくらい持ってました。

僕は、そのお金で武器買うてました（笑）。日本初のマフィアを目指して。当時の十七歳にしては最高の戦備を整えてましたね。

浅田　ほうほう。

中場　「男は、ええ道具を持て」。うちの親父に聞いてましたから。でも、何も残らんかったです。武器は警察に贈呈しました。証拠物件という名前に変わってしまったけど（笑）。小包みたいな白い札つけて持っていかれましたわ。

浅田　一攫千金って持続しないんだよね。これ、人間って不思議なもんだよね。一回、金が入ると、その金は明日も入ると思う。来月も入ると思うんだよ。でも、そんなのなんてない。だから、あの金どこに行っちゃったんだろうなあというのが後からの感想でね。

「ワープロで原稿書くなんてバチ当たりそう」（中場）

中場　浅田さんは、そんなことやりながらも夜は小説書いてたって聞いてますけど。

浅田　昼間に悪いことやっていて、夜、机に向かって「美智子は、そのとき……」なんて書くのはギャップありましたよ（笑）。

中場さんもよく聞かれると思うんだけど、「いろいろな経験があって、様々な人に会って、書くものに不自由しなくていいですね」って言われることがある。

実際はそんなもんじゃないって。若い頃、悪い生活をしていて自分が荒《すさ》んでいたら、その時期特有の甘くて瑞々《みずみず》しい感性というのは擦り減ります。そうやって失っていったもののほうが得たものよりもはるかに多い。自衛隊時代に書いたものとか読むと自分でもせつないよね。塹壕《ざんごう》の中とかで書いてたんだけど（笑）。

中場さんは、昔から作家になるつもりで書いてたの？

中場　いえ。そやけど書くの好きでした。日記つけてたり（笑）。雑誌に投稿もしてました。自分のが、鉛筆こうナメて書いたのが活字になったとき、ごっつう嬉しかったですね。ある雑誌に読者投稿を六年間やってて、載るたんびに嬉しかった。載れへんかったらごっつうくやしくて。

飲む打つ買うで感じる楽しさと全然違うんですよ。

浅田　全然違うよね。活字になるのは、本が出るっていう楽しさは、どんな道楽の楽しみや快感とも全然違う。

中場　ゲラって言葉聞いたときなんかでも、もうクククッてなりますもん（笑）。

浅田　わかるわかる。

中場　まして本屋さんに本が並ぶときなんか、もう、すくむくらい嬉しかったなあ。みんなに言いましたもん、「半分出すから買え」って。みんなに言いたかった。

浅田　書店で「誰が買うかな」って見てることあったでしょう。柱の陰とかでさあ。ところが、なかなか売れないんだよ（笑）。立ち読みしてポンと置くやつがいると、もう飛び蹴りくれたくなる。
中場　浅田さんも手書きなんですよね。それ、すごく共感できます。もうこんなんなんか（ワープロを打つ仕草をする）、バチ当たりそう。
浅田　うわあ、いい言葉だね、バチ当たりそうって。至言だよ、至言。なかなかそういうことを言う人はいないよ。これは僕もまったく同じ。やっぱり原稿用紙を目の前にしたときはすごい神聖な気持ちになるし。マス目を埋めていくという作業に対して一種の――オーバーな言い方かもしれないけど聖域って感じがする。
中場　できあがったとき、誰に対してかわからんけど、〝かかってこんかい！〟みたいな気持ちになります（笑）。
浅田　尊いことをやってるんだなって気持ちがあるからね。
　例えばさあ、好きな女に会いに行くときとか車の中でドキドキするでしょ。久しぶりにマージャン屋に行くのに、途中の車の中で「早く行きてえなあ」なんてあるでしょう。小説を書き始めるときに、いまだそういう気持ちなの。
中場　うわあ。

浅田　そろそろ時間だねって書斎に戻って小説を書き始めてねえ。そのとき、ドキドキするの。

中場　僕もそうです。仕事場に向かってる最中に、ひとりでブツブツ言いながら歩いてる最中が好き（笑）。途中で話しかけられたら、ごっつい腹立つんですよ。

「周りは泥棒ばかりだったからね」（浅田）

――最後にお聞きしたいんです。数々の修羅場をくぐり抜けてきたおふたりだからこそ感じることのできる「友情」と「信用」について。

中場　人はあまり信用してないんですよ。いろんなことあったから。でも、涙っぽい話に弱いな。だまされてもええわと思うときありますよ。

浅田　中場さんもやっぱり……いい人だね（笑）。人がいいっていうんじゃなくてね。僕なんてマイノリティの出身でありますからね。とりあえず人を見たら泥棒と思うわけ。たとえじゃねえんだよ。周り見たら泥棒ばかりなんだから。そういうふうに育っちゃったからさあ、どんなにうまいこと言われてもやっぱり裏を考えるわけよ。
来月必ず金返すって言ってるけど、大体、借金しに来る奴はみんなそう言うから、どうせ返ってこねえと思いながら、でも――でもなんだよ、そのときになぜ金を貸すかって言ったら、だまされてもいいやという気持ちなわけだよ。
中場　友情で言えば、どうしようもない下手な嘘ばかりつくのがいるんですよ。でも、好きなんですよ。
浅田　あるよなあ。そういうのな。腐れ縁な。
中場　こいつ、なんでというくらい下手な嘘ついたりするねんけど、好きやねんなあ。女なんかは「あいつとは絶対に遊びな（遊ぶな）」とかあるんやけど、そいつと話してたりしたら楽しいし。
浅田　いい人とかは関係ないんだよね。
中場　作家になってなにか急に仲良うなってくる奴より、そんな奴のほうが好き。
浅田　それとは逆に、俺が有名になっちゃったから離れていっちゃう悲しい友達もいるんだよね。
中場　変に遠慮したり。そんなんせんといてみたいな。
浅田　特に昔の悪いことしてたときの仲間はミーハーしないやつが多い。あいつはもう違う世界の人間だからって離れていく。すごく寂しい。
　だから友情っていうのは自分がくすぶっていたときに大事にしてくれた奴に感じるね。特に博打打ちは〝くすぶり〟を嫌う。病気のようなもんだから。でも、そういうときに「お前には金は貸せねえけどよ」と言いながらも付き合ってくれる奴。友情を感じるよね。忘れないよ、そういうの。

掲載　「週刊プレイボーイ」　一九九六年十一月十二日号

まずは夫婦の仲がいいこと

鈴木光司

すずき　こうじ
一九五七年生まれ。作家。
著書に『リング』『神々のプロムナード』など。

父親は一分一秒でも長く子供といっしょに

鈴木　浅田さんの生家はテレビを町でいちばん最初に買って、放映時間には人だかりができて、家の前におでん屋の屋台まで出たとか。すごいですね。

浅田　今や変な自慢話だけどね。僕は生家が中野だったんです。中野駅の周辺で、テレビがあったのは、丸井の本店とうちだけだった。あっちは当時駅前の家具屋さんで、放映が始まると人がすごく集まるから、その中二階の床が抜けちゃってけが人が出たという、そのぐらいの大騒ぎ。うちはもう絵に描いたようなバブリーな家でした（笑）。子供に一人ずつ女中さんがついていて、制服を着て、革靴をはいて、私立の小学校に外車で通う。今の私立の小学校と違って、ただお金があっても行けない。ある意味での貴顕社会でした。でも、実は下品なんですよ。外面《そとづら》はいいけど、おやじは小学校しか出てない。ばあさんは元芸者で、じいさんは元やくざで、ちゃんと刺青《いれずみ》が入ってた。おやじは金儲《かねもう》けだけはうまかった。だから、あるべきものはみんなある。でも、不思議なことに本が一冊もない（笑）。なぜかというと、読めないから。それで、崩壊したのが確か小学校四年のときだからね。

鈴木　同じことが、うちに当てはまったら怖いよ。今ちょうど、長女が小学校四年なんだけど、1LDKのちっちゃいマンションから、ほとんどホテルのスイートルームみたいなところに移り住んだんです。もし僕が売れなくなったりしたら、あの時代はなんだったんだろうって、子供たちが振り返る（笑）。

浅田　そうそう。父は女の家を転々としていて、家に帰ってくるのは、月に一回ぐらい。お父さんって、他にたくさん家を持っていて泊まってくる、そういうものだと思ってたから、お父さんが毎日うちに帰ってきている友達は貧乏なんだろうと（笑）。それで、「うちのお父さんは、家がいっぱいある」って作文に書いたら、先生がたまげた。

鈴木　ご兄弟はお二人ですか。

浅田　他にもいますが、母が同じなのは二人だけ。おやじが死んだ後は、交通整理が大変で（笑）。それで突然家が没落した後、親戚《しんせき》を転々とするようなことになっちゃったんです。だから、自分がいくつのときはどうだったかって、考えちゃうんです。

例えば、高校二年のとき、僕は家を飛び出して、自分でアパートを借りて一人で暮らしてたから、いろいろ悪いことをしてるわけだよね。そうすると、娘のことも心配でしょうがない。

鈴木　自分の経験を物さしにするわけだ。

浅田　俺が高校生のときは、このぐらい性欲があったとかさ（笑）。俺と同じになったら大変だ（笑）。

鈴木　お子さんは、お嬢さんが一人でしたね。興味があるでしょう、自分の人生がどのように子供に反映されるのか。

浅田　子供が生まれた瞬間、怖かったんですよ。自分が平和な育ち方をしていないから、子供を幸せにしなきゃっていうプレッシャーがあるわけですね。

鈴木　お嬢さんはどのように育ってます？

浅田　パーフェクトに育ってると思いますよ（笑）。子供って、単に世間様が言うところの優秀な人間に育てるということではなくて、情緒豊かな人間に育ってほしいっていうのが、まずありますね。まあ情緒だけで感情的な人間になってもしょうがないから、そこにある程度の知性がほしい。つまり、情緒と知性が両輪のようになって、うまく育っていけばいいというのが、だいたい僕の子育てのコンセプトですね。あとは制約と放任、というバランス感覚をいかに保ちながら育てるかですね。

鈴木　そうなんでしょうね。僕の経験からすると、母親っていうのは、安全な、安定した道を子供に望みがちだけれど、父親はちょっと違う。夫婦が協力し合いながら教育をしていくと、母性と父性が適度にバランスがとれるんじゃないかなあ。ところどころで、父親っていうのが横にガンといて、ちゃんと鍛えればいいけれども、父親は会社にしかいないとなっちゃうと、もうどんどんどんどん女性化する。だから、僕はその危機感もあって、男がもっと家庭に一分一秒でも長くいて、子育てに参加しろって言ってるんです。男の論理が家庭のなかに持ち込まれるべきだと思うんですよね。子供を外に連れ出し、多少危険な目にあわせて、それを免疫《めんえき》にして、もっと大きな危険が来ても、ちゃんと察知できる能力をつけさせる役割を、父親が負っているはずなんですよ。

浅田　別にオヤジはああしよう、こうしようって考える必要はないと思う。そうじゃなくて、子供といかに長い時間いるかだと思う。長い時間いれば、男っていうのは考えなくても男らしい動きをするし、男のようなしゃべり方をするし、男の頭で考えるから。男親がなるべく子供といる時間を長くするっていうのは、やっぱり必要だと思う。僕は自分が父親といる時間が少なかったから、とにかく少しでも娘と長くいようって思っている。

鈴木　反面教師ですね。

浅田　でも、不思議だよね。こういうタイプ（鈴木さんを指して）いるでしょう。こういうマッチョな感じのタイプの親には、女の子が多いんだよ。それで、なよなよのところに男の子が多い（笑）。昔、僕は自衛隊にいたでしょう。自衛官の子供っていったら、八対二ぐらいで娘だよ。マッチョな男がみんな娘自慢ばっかり。

鈴木　その通りです。ぼくは、強い男からは娘が生まれ、強い母からは息子が生まれるという説を唱えてます。

ところで、この間、二週間アメリカに行ってきたんです。十四、五年前にニューヨークの安ホテルに滞在して書いた日記を、戻ってきて読み返してみると、いつまでもこのような自由を続けたいという意味のことを書いてあるんです。そのときにイメージしてた自由というのは、何からも束縛されない自由だったんだけれども、その翌年ぐらいに結婚しちゃって、二年ぐらいしたら長女が生まれてしまって、もう束縛だらけでしょう。にもかかわらず、今のほうが自由だなと思うのは、それから得られる満足感がでかかったからでしょうね。だから、僕は声を大にして言いたい。子供ができて束縛が多くなるから自由がなくなるのではなく、やりかたによっては自由を満喫できる子育てもあるのだと。一歩踏み出せば全然違う世界が待っていて、そこがもっと大きなエネルギーを発揮できる場所であるかもしれない。

浅田　僕が結婚したときは、未開の原野から、ある法治国家にとりあえず来たっていう感じがあった。それで、子供ができたことによって、新しい法律もまたできて、母親が合流したことによって（笑）、さらに法律が強固なものになっていき、法治国家が完成していったという感じですね。

いい子育ての条件は夫婦の仲がいいこと

浅田　この間、スキーに行ってふっと妙なことに気がついた。あるペンションに泊まっていたら、アベックがいっぱいいるわけだ。僕らの頃は、グループで来ることはあっても、男と女が二人でスキーに来るなんて、まずそういうことはあり得なかったから、ああ、いい世の中になったなと思ったんだ。ところが、金を女が出しているケースか割り勘であるということが多いことに気がついた。僕らの時代では考えられなかった。恥だよ、屈辱。昔、デートするときでも金がなければ会わなかった。ホテル代を女と割り勘なんて、とんでもないですよ（笑）。

鈴木　今はそれはないですよ。やっぱり女性がちゃんと仕事を持つようになってきて、そこのところで男も女もフィフティ・フィフティ稼いでいるというのができてくれば……。

浅田　男女雇用機会均等法という決定的な法律ができて、男と女は同じように働きなさい、同じような収入を得なさいと提示したわけだ。なんか現実的に男が去勢されつつあるみたいね。セックスレスの男って、多いらしいしね。

鈴木　どうしてそうなるんでしょうね。だって、今は出生率が一・四とか、それぐらいまで下がっちゃってますよね。家族の絆《きずな》というか、磁場がものすごく強くなってる。核家族化して、子供が一人か二人かというところで、母親がべったり世話して男の子を育てちゃったりすると、もうこれは困りますよね。男を鍛える場がないのではないか。

浅田　さっきの割り勘の話に戻るけど、娘に対しては、「おまえに金を払わせるような男は、どんないい男でも、願い下げにしろ」と。というのは、女に依存する男っていうのは、まず出世しない。自分で切り開いて、自分で歩いてく男でなきゃダメ。そういうことって、金を払うか払わないかというところに、いちばん端的に表れると僕は判断してるわけです。

鈴木　父親っていうのは、自分の見方を娘にそれとなく押しつけてしまうんだよね。それはそれで全然構わないと思う。

ところでお嬢さんにボーイフレンドは？

浅田　全然いない。情けない。でも、男親はね、知らない顔してて監視してるのよ（笑）。電話がかかってくると、トイレに行くふりをして、じっとドアのところに立って、聞き耳立ててて。気になるよ。今の電話は男じゃないかなとか。それから、きょうはちょっと化粧して出てった。男じゃねえだろうなとか、ふと考える（笑）。

鈴木　でも、娘さんがもててくれたほうがいいでしょう。

浅田　そのへんはまた複雑になってくる（笑）。

鈴木　僕は、絶対もてたほうがいいな。だから、娘にボーイフレンドができても全然ビビらない自信がある。

浅田　うちの娘、親から見てかわいいんじゃなくて、かわいいんだよ（笑）。

鈴木　ほう、親バカですね。で、やっぱり気になるわけだ。でも、ちょっと前に話題になったブルセラなんて、全然理解できないですよ、どうですか。うちでは洗濯は全部僕の係で、娘のブルマーとか洗ってるわけでしょう。干すたびに疑問に思ってた。売るやつもバカなら、こんなもの買うやつはもっとばかだって。女の子のブルマーは洗濯するもので買うものじゃない（笑）。

浅田　僕は、かなり親の責任が大きいと思うよ。つまり、大きくなってから言ったって、もうわからない。ああいうことは、小学校低学年とか、それ以前に倫理観というのを植えつけなければいかんわけでしょう。人のものを盗《と》ってはいけないっていうのと、同じことよ。そういう教育を怠った結果じゃないかと思うよ。これは家庭の教育でしょう。援助交際にしたって、娘のいるオヤジは絶対そういうことをしないと思うよ。

鈴木　娘としっかりとした絆を築いてきた父親には、援助交際という発想はできません。

浅田　だって、高校生じゃなくても、二十歳以上の子だって、娘とちょっとダブるよ。だから、三十代の女の人というと、魅力を感じるけれども（笑）。所帯じみちゃうんじゃなくて、きれいにしていれば、女はどんどんきれいになる。年とともにどんどん魅力的になる。だから、近ごろ思うのは、自分の小説の中のヒロインがだんだん好みでふけてきちゃってさ（笑）。いま連載小説のヒロインが三十七歳で、おれには魅力的だけど、読者はげんなりするんじゃないかなって思いながら。
鈴木　僕と浅田さんの年齢のずれで、僕のヒロインは三十一、二歳だもの（笑）。
浅田　六十歳になったら、何を書きゃいいんだ（笑）。五十五歳の女？
鈴木　ところで浅田さんも子育てに関わっていましたか。
浅田　保育園によく送り迎えをしました。連絡ノートを書くのがもう楽しみでね。書いてて気持ちいいんだよ。というのは、娘の保育園時代っていうのは、自分の原稿を読んでくれる人がだれもいないわけよね（笑）。だから、もう一生懸命書いてた。
鈴木　新聞連載小説みたいなもんだ。
浅田　だから、保母さんと変な連帯関係が生まれちゃってね。二ページにわたって、びっしり細かい字で書いてこられると、保母さんも一行じゃ済まなくて二ページぐらいびっしり書いてくる。最後はほとんど交換日記だった（笑）。それが毎日でしょう。
鈴木　僕はたくさん書くのはいやだったなあ。一行で済ませてた。
浅田　でも、会うとしゃべるわけじゃないんだよね。その後、その保母さんは家族ぐるみで親しくなって今では後援会長みたいなもの。だから、吉川英治文学新人賞のパーティのとき、彼女がいちばん前の席に座ってましたよ。僕にしてみれば、なんか僕の文章をいちばん最初から読んでる人みたいな気がするんだよね。確かにすごい理解者ではあった。

鈴木　おもしろい関係ですね。奥様も仕事に対していい理解者だったんですよね。子育てはどうでしたか。

浅田　うちの場合は家内もほとんど似たような育ちだったから、社会に対する価値観もとても似ていて、子供に対する養育の仕方とか接し方がほとんど同じだった。

鈴木　それが決定的にずれてたら、大変だと思いますね。

浅田　そうね。いい子育てをするためには、夫婦が仲がいいっていうのがまず第一の条件でしょうね。どんなに優れた父と母であっても、夫婦関係がまずかった場合は、やっぱり子供がまともに育たない。僕が家内と二人でいちばん最初、子育てをするときに誓い合ったことは、少なくとも、子供の前では絶対にいい夫婦を装《よそお》うということ。だから、女房も、僕が朝帰りしても、子供がいれば、そのときはいやな顔をしない。子供が学校へ行っちゃったら、そりゃ、もう始まりますよ（笑）。親のゴタゴタというのは子供のトラウマになる。

鈴木　育った環境が似てるというのはいいですね。でも、結婚してみたら偶然境遇が一緒だったんですか。

浅田　いや、意識してない。僕はプロポーズしたことはないんですけど、結婚を決めた瞬間というのは覚えてるんです。彼女はまだ青山学院の大学生で、僕は風来坊だった（笑）。僕はなんかマドンナを見るような感じでいたから、何もせず、お茶を飲んだり食事をしたりしてたんですよね。

ある日、タクシーで彼女の下宿まで送っていく途中で「きみの夢は？」って聞いたんです。僕は彼女に恋愛感情というのは別に持っていなかった。そうしたら、「一つだけ決めてることがある。私はどうしても小説家のお嫁さんになりたい」。僕はそれを聞いたとき、腰を抜かしましたよ。

僕は、中学生の頃から一生懸命小説を書いて、末は小説家って考えてたわけだ。俺、しゃべってないよ。僕の部屋にも当然来たことはないし、本があるのも知らない。それで「どうして？」って聞いたら、「すっごく本が好きだ」と言う。小説家の奥さんというのは、小説家が書いた小説をその場で読めるだろう、まだほかほかのやつを。これは快楽でしょうというようなことを言ったわけです。

作家の妻は一番最初の読み手で一番の理解者

鈴木　うちは小学校のときの初恋の相手です。中学校は同じ、高校と大学は別。ずっと手紙とか出していたんだけれども、まあ僕の片想いでね。妻に脈ありッと見た瞬間、総攻撃をかけて、自分の嫁さんにしちゃったんです。でも、そのとき、僕はフリーターの状態でしたからね。なぜ自分がアルバイトをやりながら、小説の修業をしているか、説明しなくちゃいけなかった。でも、小学校の卒業アルバムのいちばん後ろの寄せ書きには、妻の将来の夢は「小説家になって本を出版すること」って書いてあった。だから、僕に対してすごく理解があったと思うんですね。デビュー前は、妻にいの一番に読んでもらって、「おもしろい」と言ってもらい、それをエネルギーとしていた。

浅田　つまり、作家になるためには、伴侶《はんりょ》の理解が必要だということです。うちは今でも最初の読み手ですよ。

鈴木　最近の僕は完成してから読ませていますね。

浅田　妻は僕のテンションを上げていくのがうまいんだ。

鈴木　それは賢いやり方ですよ。本当にそれがなかったら意味がないと思う。だって五百枚のものを二百枚書いたところで読んでもらって、おもしろくないと言われたら、残りの三百枚は書けないでしょう。だから、批評が始まるのは、本が完成して出版後からです（笑）。

浅田　僕は三十五歳の活字デビューで、三十九歳のブックデビューで、遅いですからね。だから子供はものごころついたとき、おやじは何をやってるんだと思ったんじゃないかな。デビュー前、妻といっしょにやっているアパレルの仕事を「商売」と言って、夜、原稿を書くことを「仕事」と呼んでいたわけです。だから、「お父さん、いま商売から帰ってきて、きょうはちょっと寝てから仕事を始めるよ」という感じ。家内は今もブティックをやっていますからね。お父さんが作家で、お母さんがブティックをやっているというと、なんかリカちゃんみたいな家庭でしょう（笑）。

鈴木　僕は、長女が二歳ぐらいのときに『リング』を書いていて、彼女が小学校に入るときのお父さんの職業欄に、「フリーター」ではなく「作家」と書きたいと思っていた。二年ぐらいの余裕で間に合ったんですよ。

浅田　すごくうらやましい。やっぱり僕も同じことを考えたけれども、果たせずにいたわけですね。そのときは、やっぱり内心すごく忸怩《じくじ》たるものがありましたよ。

　でも、他の小説家には確信犯的な作家って、あんまりいないんですよ。僕は、小説家としてデビューするやつは、みんな一生懸命本を読み、一生懸命小説を書いて、投稿を繰り返し、苦心惨憺《くしんさんたん》の末、作家になるんだと思ってたんだ。

鈴木　僕もそう思ってた。

浅田　そうしたら、意外とそうじゃなくて、初めて書いた小説が新人賞を取っちゃったなんていう人が多いんですよ。

鈴木　そうなんですね。

浅田　確信犯というのは、読んで字のごとく、確信しちゃってるから、自分は小説家になりたいじゃなくて、なるもんだとすでに思い込んでるの。アル中の男の女房がアル中になっちゃうのと同じで、女房もそう思い込んでるんだよね（笑）。

娘だって「パパ、いつになったらパパのご本、出るの？」なんて言っていた（笑）。だから、いつも「二、三年のうちにはね」って言ってました。なかなかそうはならなかったけれど。でも、そういう父親が作家になることを信じて疑わない家族だったから、幸せでしたよ。

子供は小さいとき、パパの商売は洋服屋さんだけど、なぜか本を書いていると思っていたでしょうね。今でもよく覚えているのは、保育園の連絡帳に「きょう、お嬢さんから聞いたんですが、おとうさんはご本を書いていらっしゃるそうですね。ファッション誌に書いていらっしゃるんですか」と書かれたのを読んで、顔が真っ赤になった（笑）。

本が出てからも他のアパレルメーカーの社長さんなんかに、もういい加減にそういうのはやめて、まじめに商売やりなさいよって説教された（笑）。いまだに言われる。

鈴木　そのお嬢さんも高校生……。将来のこともそろそろ出てくるんじゃないですか。

浅田　僕はとにかく小説家の子供だということを一切意識する必要はない、と思います。

「パパはパパで、おまえはおまえなんだから、パパは何も援助しないし、おまえはおまえの人生を歩きなさい」と言っています。だって、何をするにつけても、七光なんて言われたら、彼女の尊厳にかかわるわけですよ。幸い、うちの子は僕がデビューしたときはもう中学生だったから、人間性を形づくってきた時点においては、別に特殊な環境にいたわけではありませんから。だから、「そのときのことを忘れずに、そのまま生きなさい。親が作家だということは人に自慢することでもないし、何か特典があるわけでもないんだから」と言っています。

鈴木　まあそれでも、意識しちゃうでしょうね。

浅田　僕はすごくオーソドックスなんですよ。人間、波瀾万丈《はらんばんじょう》に生きてくるとオーソドックスになるんですよ。僕自身もその結果、大変オーソドックスなものの考え方になった。典型的なオヤジですよ。

鈴木　そうですか。でも、浅田さんは苦労したっていうけれど……。

浅田　さほど自覚はない。

鈴木　僕もよく、最初から売れたわけではないから大変だったでしょう、なんて言われるけれど、全然大変じゃないですよ。いつでもずっと明るくやってきたわけですよ。だって、好きなことをやっていられたし、夫婦の仲が良くて、かわいい子供にも恵まれた。金がないにもかかわらず、どこからか二、三万円集めて民宿に泊まりに行くとかさ、十分たのしんでましたよ、あの頃も。

浅田　ふっと振り返って、あの頃は大変だったなという感じがするけれど、その当時はたのしかったわけ。作家になるという大きな夢があった。夢があるっていうのは幸せよ。僕が昔、子供の頃いい暮らしをしてたときっていうのは、与えられた幸福だから、幸福感がないよね。でも、今はやっぱり自分で家族とともに勝ち取った幸福だから、ものすごく幸福感があるんですよ。

鈴木　そう、幸福は金のあるなしでは決まりませんよね。きょうはたのしいお話をありがとうございました。

対談を終えて　鈴木光司

浅田さんとは何度か飲み屋で顔を合わせたことがあり、お互いのライフスタイルや経歴に関して、そこそこに知識はあった。しかし、今回じっくり話してみて、なんと共通点の多いことかと驚かされた。妻と同年齢であること、子供の頃から強く望んで作家になったこと、娘の父親であり、以前は保育園の送り迎えもしてたこととか。「娘さんはどのように育っていますか」と聞くと、ただひと言「パーフェクト」。僕ももちろん同じ問いに同じ答えを返すだろうなあ。

掲載　「パパだからできる！」　二〇〇〇年二月号
『鈴木光司と13人の父「父親業は愉快だ！」』（二〇〇二年八月　新潮文庫）収録

小説、涙、ギャンブル

藤原伊織

ふじわら　いおり
一九四八年生まれ。二〇〇七年没。作家。
著書に『テロリストのパラソル』『シリウスの道』など。

浅田　藤原さんと僕は今をさかのぼること三十年ほど前、新宿で遭遇してるはずなんですよ。

藤原　そう、毎日行ってたから。

浅田　僕も毎日行ってたんです。そのとき僕は高校二、三年生ぐらいで、けっこう生意気な文学少年でした。三越の裏側、メトロというキャバレーの隣に「凮月堂《ふうげつどう》」って大きい喫茶店があったの。あの大きさというのはハンパじゃなかったですね。そこに学生運動やってるやつから……。

藤原　フーテンから学者まで。

浅田　一種のカルチエ・ラタンでしょう。

藤原　見知らぬやつ同士がしゃべってるんですね。

浅田　そうなの。そこへ行くとあいてる席に座るんだ。するといつも議論が始まる。

藤原　そうそう。

浅田　僕らの青春は貧しくて真面目ですね。貧しいから真面目なんだけれどね。その頃、東大生であられた藤原伊織氏と、たぶん。

藤原　ハハハハ。顔合わせてるはずなんですよ。

浅田　スタンダールがどうのぐらいの話をしたんじゃないかな。

藤原　そう、あの頃は、みんなサルトルとかカミュとか言ってましたし、会ってる可能性は高い。

浅田　それからあとはまったくなくて。最初にお会いしたのは「アサヒ芸能」の麻雀大会でしたね。伊集院さんたちとの。

藤原　それ以後は他にもいろいろご縁があって……。ところで直木賞の選考会当日は一緒に発表を待つ編集者の方が多かったですね。

浅田　なんか去年の弔い合戦みたいな雰囲気があったけど、二度繰り返したらどうなっちゃうだろうと思いました。僕はあのプレッシャーに耐えられなかったもの。自分自身のプレッシャーじゃなくて周囲のプレッシャーですね。電話を待ってるときの状態なんていったら、廊下まであふれていて、みんなが一分おきに時計をのぞく感じでしょう。電話が一本鳴るたんびにね、みんながスッと背筋伸ばす。あれは耐えられないですよ。

藤原　『蒼穹の昴』って単勝で言えば百二十円か百十円だと僕は思ってたもの。

浅田　僕も一二〇パーセントとか公言してましたから（笑）。それがいけなかった。今回は、だからちょうど僕が問題発言を言いそうなときにイタリアへ連れていかれちゃいましたよ、版元に（笑）。

藤原　そうだ、前々日ぐらいにお帰りになったんですね。

浅田　そうなんです。候補になる連絡をローマでうける予定だったんです。候補決定の会議は例年このあたりに行われるって聞いてましたので。担当編集者と同行していたから、タブーですよ、その話は。なにしろ朝飯食ってるときでも教会で画を見てるときでも、ナとオとキは言っちゃいけない（笑）。

藤原　どこで聞いたんですか、結局。

浅田　フィレンツェに行ったの、なかばあきらめて。すると、ホテルに同時に連絡が来たんです、担当者の部屋と僕の部屋と。夜中だったんじゃないかな。僕は自宅から聞いて、彼女のほうは会社から聞いた。とたんにドアを両方で開けて、廊下で（笑）。

体育会系作家の悲しみ

藤原　ところで「文藝春秋」十月号の「フィーバー日記」拝見しましたけど、メチャクチャですね、スケジュールが。

浅田　藤原さんもご経験あるでしょう。

藤原　僕は原稿依頼はもう全部、逃げまくってましたもん。

浅田　シャットアウトですか。でもインタビューの類は殺到するでしょう。電話が鳴りっぱなしでしょう、朝から。

藤原　そう。僕、広報室勤務だったから、メディア対応は重要な役目なんです。全部、受けましたよ、必ず十一時半から。昼メシ抜いて。偉いでしょう。

浅田　でも連日でしょう。

藤原　ほとんど連日。一日三本インタビューを受けたこともあります。

浅田　前々からね、二、三カ月、仕事が手に付かんという話は聞いてたんですがね、あれは地獄ですね。営業が長かったんで、やっぱりね、メディア対応はおろそかにしないんですよ(笑)。とりあえず相手がだれであれ頭を下げるという癖がついております。

藤原　そろそろ落ちつきました？

浅田　全然(笑)。気持ち良く受け答えしてるせいか知らないけれども、増えてくるんですよ、まだ。こんなにメディアの数があるかというぐらい。

藤原　僕はね、けっこう断るテクニックを身につけました。

浅田　教えてくださいよ。

藤原　絶好のエクスキューズが生まれたんです。胃潰瘍になっちゃった。健康上の理由。これは強い。

浅田　その点、僕は体育会系作家と公言してしまっている。健康優良児と公言してしまっている。死ぬまで原稿書くぞとも公言してしまっている。それは使えない。だから原稿を書くペースは落ちましたよ、さすがにこの二カ月。

藤原　今、どれぐらいですか、月に。

浅田　最低三百枚はいってるでしょうね。後に人づてに聞いたことですが、出版社のなかでは、「浅田さんと百姓は絞れば絞るほど出る」と言われているそうです。

藤原　名言ですな。

浅田　名言です。

藤原　僕はもっと遅いからなあ。瞬間最大風速で月に二百枚が最高です。

浅田　本当は藤原さん速いんじゃないかと思う。どうしてかというと、読んだときにリズムがすごくいいんです。一気に書いてる気がするんですよ。

藤原　手紙と同じでね、夜中に書くと、翌朝読んだら恥ずかしいケースがあるでしょう。

浅田　ありますね。テンションが上がってる（笑）。

藤原　そうそう。夜書くんですが、必ずね、昼、喫茶店で読みなおすんです。

浅田　日常のなかでね。

藤原　そう、読者は、例えば電車の中で読んだりするわけでしょ。その立場でリズムを再考するんです。

浅田　あっ、それいいなあ。

藤原　これは作家の村山由佳さんが読売新聞の電子会議室だったかな、それで書かれてたんですけど、グレアム・グリーンがね、「文章は主語と述語と目的語、あとはリズムさえあれば十分だ」と言ったんですって。その通りだなと思って。

浅田　毎日、会社にはその時間は通ってらっしゃるわけでしょう。

藤原　ええ。

浅田　ていうことはやっぱり遅くはないですね、それで百五十枚こなすとなったら。

藤原　ただね、今の部署はわりと時間的には自由にはしてくれてるんです。

浅田　真っ昼間に、さあ書いていいぞということではないでしょう。

藤原　ええ。直木賞もらった年の夏なんて、連日、深夜残業やってましたからね。我ながら偉いと思う(笑)。でも浅田さんはほら、原稿を書くのが最高の趣味だ、快楽だっておっしゃってるから。

浅田　快楽は快楽なんですけど、でも僕、書くの遅いんですよ。

藤原　そんなことはないでしょう。

浅田　一時間で最高どんなにがんばっても三枚以上書けないです。どんなにすっ飛ばしててても。だから決して速くはない。

文壇はえらい

浅田　近年、僕は純文学と大衆文学という区分けの仕方には無理があると考えています。
藤原　いい小説はやっぱりいい小説ですよ。
浅田　この間、亡くなった石和鷹《いさわたか》さんの小説『茶湯寺で見た夢』を読んでね、つくづく頭が下がったですよ。こういう小説を僕らエンターテインメントの市場で出せれば、これは何十万部を売れる小説であって、それこそいい本だと思ったんですよ。
藤原　ただね、この業界がひとつ偉いと思うのは、プロの大御所がライバルをつくろうとしている点ですね。出版の市場規模ってご存じですか。おおよそ二兆五千億なんです。そのうち雑誌が一兆五千億。書籍が一兆。ほとんど伸びてない。伸びて一、二パーセント。だから作家同士、お互いにシェアの食い合いなわけです。にもかかわらず選考委員の皆さんは、いい作家を必死でみつけようと努力している。やっぱり文壇という世界は偉いところだと思いますよ。
　今度、舞台は海外まで広がってますね。北京、ローマ、パリ。
浅田　僕は海外旅行音痴だったんですよ。何を隠そう。雑事に追われて夥《おびただ》しいカネが目の前を行き過ぎていく生活にもかかわらず、つい去年まで行った海外は一度、三百六十円のレートの時代に羽田から一回ハワイに行ったきり。

でもやっぱり刺激には敏感なほうなんで、行けば何かはあるというのはわかってました。『月のしずく』のなかの「聖夜の肖像」はパリが舞台のひとつですが、実はパリには行ってないです。パリは来週、初めて行くんです。あれは案内書をいっぱい買ってきて、地図を調べて、シャンソンを聴き、パリっていいとこだなって思いながら書いた一篇なのです。

藤原　おお、すごいなあ。「ピエタ」はヴァチカンのあの像を見てですね。

浅田　ミケランジェロの「ピエタ」は、やっぱり衝撃だったですよ。芸術は衰弱していくでしょう。古代のギリシャ彫刻は絶対的に優れていますよね。だからピエタを見たときに、ちょっと待てよ、ミケランジェロっていつの人だろうと思ったの、一瞬。あれは古代人のつくった芸術を明らかに超えてる感じがしたんです。これはどこの世界でもあんまりあり得ない現象なんです。今、近代小説で古典を超えるだけの小説を書けるかというと、これもないと思う。

藤原　ただ時代性とのマッチの側面もあるんじゃないかな。例えば浅田さんの作品に話を戻すと、『プリズンホテル』でも現代人が泣けるんですね、お笑いでありつつも。

浅田　あれは簡単なことで、ユーモアとペーソスというのは表裏一体じゃないでしょうか。

ひとつのある現象にあたったときに、これは泣きでいくか笑って済ますか、ふた通り書けると何度も考えたことありましたですね。

藤原　泣かせる小説を書けるのは、今、浅田さん一人じゃないですか。

浅田　泣くというのは何でしょうね。本来は禁じ手なんでしょうけどね。今まで小説は、ある程度、含みをもって行間を読ませるところに値打ちがあると言われておりました。感情を表出するのはあんまり上等な小説ではない、という日本文学の伝統がありますけれども。

藤原　でも浅田さんの場合、加えて文章の骨太さがある。

浅田　自分の文章はよくわかんないんですけれども。泣きっていうのは明らかに経験だと思う。自然と泣けることってあるじゃないですか、世の中。

藤原　『鉄道員《ぽっぽや》』は現代人がなくしちゃった郷愁を見事に提示したんじゃないですか。それでみんなびっくりしちゃった。例えば『月のしずく』を読んだとき、山本周五郎の『さぶ』を思い出したんです。

浅田　山本周五郎さん。確かにそういうところを知ってらっしゃる。階層《カースト》の存在をはっきり認識してると思う。

どんな平等な時代になってもね。それは階層の底辺からはわかるんですよ。ところがカーストの高所からはカーストの存在って見えないんですよ。

藤原　ギャンブルの世界ではいろんな人を覗きましたよ、確かに。
浅田　ねえ。雀荘に出入りしている人間模様。
藤原　死んだやつもいるし。
浅田　命かけますからね。人間て意外と簡単に死ぬんですね。それを高い階層の人たちは、人間は簡単に死なないものだと思っているけれども、低い階層の人は、人間は意外と簡単に死ぬものだとわかっている。
藤原　そういえばブティックの経営はまだ？
浅田　まだやっております。
藤原　もうそろそろ足を洗ってもいいんじゃないですか。
浅田　藤原さんのことじゃなくて？
藤原　僕はやっぱり遅いからなあ。二足のわらじじゃないと、無理じゃないかな。なんか生活のリズムができちゃってるから。
浅田　本業を持ってさらに別の世界を持っていることによって、意外と担保しあってる。
藤原　例えば僕の場合だったらね、情報を手に入れようと思えば、どこのボタンを押せばいいかってすぐわかっちゃうんです。それに情報による刺激ってあるでしょう、広告会社に勤めていると。

『月のしずく』の中では蟻《あり》ン子と呼ばれる労働者の生態が詳しく描写されてますね。

浅田　実際にアルバイトやってたからですよ、昔。

藤原　よくそこまで昔のことを克明に記憶なさってますね。

浅田　いや、意外と忘れない。若い時分のことはとくに忘れないですよね。最近のことっていうのはどんどん忘れていってるけど。

馬券は自由に買いたい

藤原　ところで、道を歩いてると声をかけられません？

浅田　テレビに出てますから、ヤバイですね、最近ね。いちばん困るのは競馬場。僕は競馬の連載三本ももってるから、競馬場では大変な確率で面が割れてるんですよ。

それで競馬場に行くと必ず言われるの。競馬新聞に赤ペンを差し出してサインしてくれって。これは酷いですよ。ノーとは言えないしさ。サインするときの虚しさ。

しかし、直木賞以後、中央競馬会で僕の待遇が変わりました（笑）。

藤原　おめでとうございます（笑）。

浅田　地方の競馬場めぐりをするときも、グリーン車になったんです。阪神競馬場に行ったら、たまたま貴賓席をあけてくれたわけ。売り場のおばちゃんがみんな顔を知ってる（笑）。いつもだったらせこくマークシートをこすりながら五百円、千円って十点も買っているのにですね、それを少なくとも五点に絞って、しかも五千円、一万円と言わなければならない苦しさ！

藤原　今回の浅田さんの直木賞は「一万円！」と言えますよ、僕。

浅田　いい経験させてもらったと思いますよ。とくに『蒼穹の昴』で落ちたというのは僕自身にとってもいい勉強になりました。ああいう大長篇でいただくよりも、今回の短篇集で受賞したことには意味があったと思う。

藤原　今、なかなか短篇集が売れないでしょう。ベストセラーはやたら分厚くなっちゃって。

浅田　うん、マニア化なんですよね。

藤原　乱歩賞の制限枚数は三百五十枚から五百五十枚なんです。あれは賞を設定する側のひとつの見識だと思いますね。例えばハリウッド映画はほぼ二時間でしょう。人間が集中できるのは大体二時間だって。会議だって二時間までってよく言いますね。本はもちろん書きたいから書くんだけども、最終的には商品としての側面を持っている。五百枚というのは非常に適切だ、と思うんです。

浅田　興に乗れば一気に読めるという長さですね。僕も長いものをずいぶん書いたけれども、あとになって考えてみれば、千八百枚の本をね、読書の習慣のない人は、読めないですよ。でも、読書の習慣のない人が今増えてしまってる。その人たちを読書のおもしろさ、小説のおもしろさに引き込むには、とりあえず本を手にとってもらわねばならない。そのためにはやっぱり短篇集しかないと思うんですね。いきなり『戦争と平和』を読みはじめた人はいないわけです。だれだってO・ヘンリーの短篇集や芥川の短篇集を読んだりして小説のおもしろさを覚えてきているわけだから、やっぱり今、売れる短篇集を出すことは非常に意味がある。愛読者カードを見ると、十二、三歳の少年少女が多いですよ。これは嬉しい。

藤原　確かにおっしゃったとおり、いい短篇集が売れるというのは読者人口を増やすいちばん大きな手じゃないですか。

浅田　そう思います。今回の第二短篇集は『鉄道員』に比べるとちょっと大人なんですよ。今回は男と女の愛の機微なんて（笑）、くさいコンセプトがありまして。

藤原　幽霊や死者は出てきませんね。

浅田　はい。きわめて現実的でありますし、そのへん、浅田次郎は大人の小説も少しは書けるんだぞという気持ちを込めました。

掲載　「本の話」　一九九七年十一月号

僕は人を好きになると
愛の言葉を百万回言います

阿川佐和子

あがわ　さわこ
一九五三年生まれ。作家、エッセイスト。
著書に『うから はらから』『娘の味』など。

阿川　直木賞を受賞なさって三カ月経ちましたが、まだハチャメチャ状態なんですか。

浅田　今でも電話は鳴りっ放しですよ。全然減らない。原稿を書く以外の仕事が増えましたから、執筆の時間にしわ寄せが来ちゃって。例えば、昼にサイン会があって、夜は会食、その後、編集者と打ち合わせが入ったりして、夜の十二時ぐらいに帰る。そこから、三時か四時ぐらいまで原稿を書く、なんて日もあります。それ以外にも、移動の車の中で書いてる。

阿川　寝る時間はおありですか。

浅田　十五分とか一、二時間とか細切《こまぎ》れで寝てます。必要に応じて寝るのも仕事のうちだから、眠くなったらどこででも寝ちゃう。だから、うちでは暗黙の規則があるんです。「家長がどこで寝ていても起こしてはいけない」って。

阿川　どこでもって？

浅田　廊下で寝ていようが、トイレの便座で寝ていようが（笑）。

阿川　そういう生活を辛いとは思わないんですか？

浅田　いや、僕、小説を書くのも読むのもメチャクチャ好きだから、一番幸せな生活をしているんです。

阿川　ハアー……。そうしたら、受賞は喜びもひとしおだったでしょうねえ。

浅田　それは嬉しいですよ。だって、小説家になろうと思ったのは三十年以上も昔の中学一年のときですから。

阿川　それから投稿を繰り返し、ボツ原稿の山を築きながら、何で途中で挫折しなかったのかというのが万人の疑問でありまして。

浅田　僕って思い込みが激しいんです。この人が好きだと思うと、好きなんです。相手が何と思ってようが関係ない。遠くから見て憧れてる、みたいな忍ぶ恋って嫌いです。

阿川　例えば、この子好きだなと思うと、どういう行動に出るんですか。

浅田　結構一途ですね。愛の言葉を百万回も言うんじゃないでしょうか。「愛してます」って。

阿川　エエッ！　それ、いつ頃から？

浅田　高校生ぐらいから。その頃は「ちょっと話があるんだけど、聞いてくれる？　俺、お前のことすっごい好きで、ほんとに愛してるんだよ。夜も寝られねえんだよォ」って感じ。

阿川　ほおー。

浅田　そうすると、みんな、嬉しいと思う前に、「エーッ！」って驚愕する。

阿川　そりゃ驚くでしょう。

浅田　映画とかテレビでそういうのってよくあるじゃないですか。だから、僕はずーっと、男の人ってのは、みんなそう言うのかと思ってたの。

阿川　何の映画観てたんですか（笑）。
浅田　全員、すぐ「愛してます」って告白をし、次には、例えば二人で歩いているときに路上で突然、唇を奪い、というのが手順だと思い込んでいたんです。で、それをずっと実行してたの。
阿川　アハハ、どういう人だ。ただ、文学に出てくる恋愛って、ウジウジ、グズグズ、いつまでたっても告白できないっていうのが多くありません？
浅田　ものの本を読むと大概そうですけれども、僕のは意外とダイレクト。単刀直入に好きだというのが多いと思います。
阿川　でも、最新刊の『月のしずく』には、男と女が何もしないで抱き合って眠るだけっていうシーンが出てきますよね。
浅田　あれは、僕にはよくあること。僕、セックスってあんまり好きじゃないんですよ。
阿川　何かあったんですか（笑）。
浅田　……面倒だから（笑）。僕は超A型でして、何かをするときにぞんざいにできない性格なんです。だから、セックスというものには、端《はな》から最低二時間はかけるものだと思ってる。
阿川　まあ、律儀な方。

浅田　特に初めての方とは、水色の朝が訪れるまでは続けなければならないと信じております。だから、疲れているときなんか、嫌でしょう?
阿川　今日は十分で済まそうとは考えない?
浅田　それだったら、何もせずに寝ようねって。それはそれでいいもんじゃないですか。あれ、気持ちいいもんですよ。
阿川　あ……、そうですか。
浅田　腕の中に抱き寄せたまま朝まで好きな人と眠るのは……（突然うなだれて）あぁ、また家庭崩壊の元になるじゃないのよ、この記事が（笑）。
阿川　浅田さんは長篇小説をお書きになることが多かったけれど、直木賞を受賞された『鉄道員《ぽっぽや》』と今度の『月のしずく』は短篇集ですね。
浅田　僕、体育会系の発想しかしないんで、最初に直木賞の候補になった『蒼穹の昴』上下巻を書いた後、筋肉が緩んだ感じがした、つまりマラソン用の筋肉になっちゃったような気がしたんで、スプリンター用の隆々たる筋肉がほしくなったんです。
阿川　短距離が走りたくなった。
浅田　それに、こういうジャンルの人だってレッテル貼られるのが嫌なんです。オールラウンドがほしかった。今でもそうです。だから、今年はものに憑かれたように外国旅行しているんです。

阿川　どういう意図があってですか。

浅田　今までの僕の小説は、純血の日本人みたいなのが多かったし、基本的なものの考え方が日本人的だから、もっとグローバルな視野を持ちたいと思って。

阿川　小説の取材として？

浅田　大義名分はね。で、僕、染まりやすいんです。イタリアへ行くと、瞬間的にイタリア人になっちゃう（笑）。

阿川　アモーレ・ミオになっちゃう。

浅田　突然、ブルーのシャツに赤いネクタイ締めて、黄色いジャケット着て、「ボンジョルノ」って帰って来る（笑）。

阿川　やだー、派手。

浅田　それが覚めないうちに、この間、フランスに行ったら、今度はパリジャンになって帰って来た（笑）。

阿川　何ですぐ染まっちゃうんですか。

浅田　僕、二十年間ずっとアパレル業界におりますんで（現在もブティックを経営）、ファッションや流行に結構敏感で。今までフランスブランドってあまり興味なかったんですけど、今度行ってみたら、ソニア・リキエル・オムっていいですね。デザインが気に入っちゃって、お買い物爆発しちゃいました。

阿川　今、お召しになっているものもパリで買ったものですか。

浅田　うん。パリのカフェで観察してたら、黒系で、こういう感じのやつが多かったの。でも、この感じにボルサリーノの帽子とクリーム色のライトコートを着て帰って来たら、成田に降り立った途端、すごい恥ずかしかった（笑）。

阿川　ファッションではわりにナルシスティック？

浅田　ナルシストじゃない、見栄っ張り。ナルシストっていうのは自己陶酔、見栄っ張りは他人から見られてカッコ悪く見られたくない。全然違うでしょう。

阿川　人目を気になさるほう。

浅田　ええ、僕は見栄で生きてるようなもんです。父親も親類が川の向こうに一人もいないというような江戸っ子なんで、僕を解くキーワードは見栄ですね。

阿川　例えば？

浅田　子供の頃、勉強しろなんて言われたことは一度もなかったんですけども、まずいものは毒だと。それから汚いなりは恥だぞとはよく言われた。だから、僕は今でもどんなに腹減ってても、まずいものは食わないですよ、毒だから。

阿川　浅田さんは、小さい頃はおうちが裕福で、アメリカ車のダッジに乗って、私立の小学校に通ってらしたとか。
浅田　ええ。僕は『地下鉄《メトロ》に乗って』という小説で、うちの親父をモデルにしたんですが、あの通りなんです。うちの親父ってのは復員兵で、闇市で一山当てた、で、あっという間にバブルになった闇市成金なんですよ。

妻は結婚後「あなたは天才よ」とずっと励まし続けてくれました

阿川　本当にお金持ちだったんですね。
浅田　僕が小学校三年生ぐらいまでバブル生活が続いて、突然、破産しちゃうんだけど。
阿川　おうちは大きかったんですか。
浅田　大きかった。カメラの卸問屋を神田でやってたんで、集団就職で上京してきた人たちが住み込んでいましたから。
阿川　お坊ちゃまとか呼ばれて。
浅田　いや、これは東京の商家の不思議な伝統でして、長男はお坊ちゃま。次男は冷や飯食いのみそっかすなもんで、僕は誰からも「次郎」と呼び捨て。

阿川　『月のしずく』に、ブラジル移民を夢見る使用人と、商家の次男坊の交流を描いた「ふくちゃんのジャック・ナイフ」が収録されていますが、あの世界。

浅田　そうそう。飯というと、座る順番が決まっていて、上座から親父、じいさん、兄貴、それで番頭さんたちが古い順にいて、私は末席ですよ。

阿川　当時は、豊かな生活で……。

浅田　いいとこの子、俺（笑）。物心ついたとき、うちにテレビがあった。

阿川　それは早いですねえ。私、浅田さんの二年下ですけれど、うちにテレビが来たの、小学校一年生だったかな。

浅田　ということは、うちは小説家よりも儲かってたんですよ（笑）。

阿川　当たり前ですよ。

浅田　うちはね、何か新しいものが発明されると、とりあえず電器屋さんが持って来る。だから、氷冷蔵庫が電気冷蔵庫に代わったときも、洗濯機が初めてうちに来たときも覚えてる。まだハンドルがついてるやつ。

阿川　絞り器がついてる……。

浅田　あれに指はさんで泣いたの（笑）。ただ、本だけがなかった。だから、本を渇望したんですよ。

阿川　そういうモンなのかなあ。

浅田　ほんとにちっちゃい頃から、小説って何ておもしろいんだろうって思ってた。声に出して読むともっとおもしろい。次に藁半紙《わらばんし》に書き写してみると、もっとおもしろかった。そこから始まったんですよ。

阿川　いくつぐらいのときからですか。

浅田　はっきり憶えてない。僕は「浅田さんは古今の名作を原稿用紙に写して文章修業されたんですか」って誤解されてるけど、そうじゃないんだ、おもしろかったからなんですよ。

阿川　そういうおもしろくて豊かな生活が突然……。

浅田　家がなくなって、家族がバラバラになって、(『鉄道員』に収録されている)「角筈にて」の世界になってしまいました。

阿川　お父さんに捨てられたお話。ほんとに捨てられたと思ったんですか。

浅田　そういう状況がありましたよ。父と母も別れてしまったんで、兄貴と一緒に親類の家を転々として。

阿川　ひねくれませんでしたか。

浅田　基本的には、僕、あまり今と変わってないですね。極めてポジティブなの。天真爛漫。

阿川　でも、一度鬱病になったことがおありだとか。

浅田　高校一年ぐらいのときかな。病院に通って、トランキライザー飲んでたもんね。一家離散した後、一度親父のうちに戻ったんだけど、中学三年生のときに喧嘩して、家出しちゃって、一人暮らしを始めたんですよね。そういうことが重なっての鬱病じゃないかと思う。
阿川　生活費はお父様からもらって？
浅田　金は小遣い程度しかもらわなかった。だから、生活力すごいありましたよ、僕。高校生のときから、ずーっとアルバイトしっぱなしだったし。だいたい喫茶店のウエイターか麻雀屋で。
阿川　それで家賃も払ってたんですか。
浅田　家賃たって、三千円とか五千円でしょ。
阿川　いくら毒でも、まずいものを食べないわけにはいかない生活でしょう。
浅田　自分でつくって食べてたね。やっぱり安くておいしいものつったら、外食しちゃいけないでしょう。僕、手先が器用なんですよ。
阿川　自分で料理つくって、学校にもちゃんと行って？
浅田　いや、駒場東邦高校という受験校だったんで、その雰囲気がプレッシャーで、学校行くのもダメだった。で、鬱病を境に転校したんだけれども、そのときは、おふくろをちょっと煩わせたね、お金もかかるし。

阿川　生活全部、お母様を頼りにしようという気はなかったんですか。

浅田　全然ない。だって、父にも母にも新しい連れ合いがいましたから、できないですよね。

阿川　孤立感はなかったですか。

浅田　いや、自由でよかったですよ。僕、幸せだと思ってたもの。何しようが勝手でしょう。

阿川　じゃ、気持ちはすっかり大人ですね。

浅田　そうだねえ。自分の娘が高校生だから、今の高校生見てて、子供だなあと思う。僕、高校三年生のとき、何でも知ってたもの。

阿川　人生の裏側も？

浅田　恋のしがらみでありますとか、銭金の悶着でありますとか、利息がどうのということだとか。ほとんど今と変わんないですよ。完成されてた（笑）。

阿川　おう、おう。

浅田　高校時代って、すごい何重もの生活してるみたいで、自分でもよく分からなくなっちゃう。学校はサボりながらでも行ってる。で、小説は倦《う》まずたゆまず書いて、春は「文學界」に、秋は「群像」にって新人賞に投稿してた。さらに、しょっちゅう赤坂や六本木のディスコにも行ってた。マルチ高校生。その生活に飛び込んだら、完全に鬱病晴れちゃったね。

阿川　その生活が自由で幸せだったとおっしゃいましたけれど、『鉄道員』とか『月のしずく』ではすごく家族の愛情に憧れてらっしゃるようにお見受けしましたが。

浅田　まあ、それは、ポジティブな性格の僕が、自分の生活のいい点を取り上げて、自由で幸せだったと言い聞かせていたのであって、やっぱり裏面では寂しかったんじゃないでしょうかね。それが潜在意識の中に残っていて……。

阿川　小説に表れてくる。

浅田　ただ、人間というのは便利なもので、いい経験は覚えているけれども、辛い経験はどんどん忘れていく。そうしなければ、誰も生きていけないから。

阿川　その後、自衛隊にお入りになって、その後はいろいろ……。

浅田　裏街道——ああ、消しゴムで消してしまいたい（笑）。

阿川　何をなさってたんですか。

浅田　いや、プータローやってた、俗に言う裏街道人生っていうのは、通算すると、そんなにないですよ。

阿川　それはお金を稼ぐためにやったんですか、おもしろいからやったんですか。

浅田　両方。金稼ぐのもおもしろい。僕、文才はないけど商才はあるんですよ。これは父親の血。今でも金勘定はすごい。算数の計算はできないけど、数字に「円」がつくと、ものすごく速い（笑）。

阿川　その頃、結婚なさった奥様は、アブナい人と結婚するという意識はなかったんでしょうか。

浅田　うちの女房は、僕のそういう側面はほとんど見ずに、この人は小説家になるんだという面ばかりを見てたから。僕も家に帰ると、黙って机の前に座って、原稿書きを始めていたし。

阿川　奥様は、ご主人の本の批評をなさるんですか。

浅田　手厳しい批評をしますよ。でも、基本的には、一緒になってから二十五年間ずっと、励まし続けてくれましたね。

阿川　どんなふうに？

浅田　あなたは天才よ、天才よ、天才よって。大丈夫、小説家になるんだから、小説家、小説家、小説家……、天才、天才、天才……。エコーがかかってくる（笑）。寝てても「天才よ」って。

阿川　ハハハハハ。で、念願叶って小説家に。例えば谷崎潤一郎や川端康成を超えるぞ、というお気持ちはありますか。

浅田　そう思っていなければ、小説は書き続けられない。若い時分から、小説読むと、いつも頭の中で、僕だったらこうするってアラ探しをしてるから。全体としてこれが理想の完成した小説っていうのは思い浮かばないですね。

阿川　憧れてる人は誰もいませんか。

浅田　いませんね。これは同業者だから思うのかもしれない。他の分野ではものすごくそれがある。

阿川　他の分野というのは？

浅田　例えば、僕、モーツァルトがとっても好きなんですけど、聴いてると、猛烈に嫉妬心を感じる。溢れる泉のごとくメロディが出てくるじゃないですか。

阿川　モーツァルトに負けないくらい、次々と名作を発表なさってください。

一筆御礼　阿川佐和子

フランス帰りの黒尽くめのファッションはとてもお似合いでした。でも作家業がこれだけ忙しくなられては、ブティック経営から一歩後退せざるを得ないのかと思いきや、「いや、今でも店に出て、お客様のすそ上げなんかもやりますよ」と、やおら床に片膝ついてお針子さんのポーズ。そのお姿の、なんと板についていらっしゃることか。「お客様に聞かれるんだよ。『マスター、小説なんかも書いてるんですって？』『いえ、手慰み程度でございますよ』なんてね」と、接客シーンの一人芝居まで演じてくださって、コメディアンの素質もおありとお見受けしました。そんなサービス精神旺盛な浅田さんが、今まで一度も人から言われたことがなかったとは意外です。私なんか、初めて写真でお見かけしたときから思っておりました。この方、『魔法使いサリー』のパパそっくりだなって。

掲載　「週刊文春」　一九九七年十一月二十日号

オタクふうに……　’97今年の本

森まゆみ

もり　まゆみ
一九五四年生まれ。作家・評論家。
著書に『鷗外の坂』『一葉の四季』など。

「末期の眼」の見た澄んだ世界

森　今年は大変お忙しい年になられましたね。直木賞を受賞されて、いかがでしたか？

浅田　賞をもらう以前から、忙しさに関しては、時間的にも、もう飽和状態でした。その上に直木賞が乗っかったわけですから、正直いって、何やっているか全く分からない状態です。今も何やっているか全然分からない（笑）。

森　今日は今年刊行された本をめぐる対談なんですが（笑）。

浅田　今一番の悩みは何かと聞かれたら、本を読めないこと。だから僕が二つ返事で朝日新聞の書評委員を引き受けた理由は、ただ一つ、本を堂々と読める、それですよ。

森　二週に一ぺん、委員会でお会いしますが、無理しても新刊を読みますものね。新聞書評をなさってみて、普通の原稿を書くのと比べてどうですか？

浅田　おもしろい。読んで感じた通りのことを書けばいいわけですから。そういう意味では、もっとやりたいんですけどね。何しろ時間がなくて。

森　いやいや、ぜひたくさん書評してください。そこで、と言っては何ですが（笑）、書評にお書きになったものも含めて、今年、おもしろかった本はありましたか？

浅田　おもしろかったというのとちょっと違うかもしれないけれども。遠藤周作さんの『無鹿』（文藝春秋）は、いい本だと思った。

森　私は『夫婦の一日』（新潮社）のほうを読みましたけれども。どんなところがよかったですか。

浅田　どうして遺作というのは、いいんだろう？　これが最後の一冊だなという思い入れがあって読むからかもしれないけれども、いいんですよね。川端康成の言う「末期の眼」のことをふっと思い出しました。体が弱くなってきたり、病気をしたりすると、ふだんは見えないものが見えてくるというような……。そういうものが、いわゆる遺稿というものには込められているんじゃないかなという気がする。例えば芥川龍之介。あの人の作品は全て暗くてシリアスな、どれでも遺作になりそうな小説なんだけれども、やっぱり『歯車』という作品は、何度読んでもいいなと思います。ちょっと他のものとは違う、ある澄みわたった世界というのがある。それを『無鹿』には感じました。

森　最後の本なんですね。『夫婦の一日』のほうも、書かれたのは一九八〇年代ですが、最近の本かなと思うぐらい、老いや宗教の救いのことを書かれています。

浅田　長い間患っておられたからね、遠藤先生は。そういうこともあって、死に直面しているという心境でお書きになったものですから、ちょっと違うんじゃないでしょうか。それと同じように、石和鷹さんの『茶湯寺で見た夢』（集英社）もよかった。癌を病んで声を失った状態の自分を、小説のようなエッセイのような文章で書いている連作短篇です。『無鹿』でもそうなんですけれども、ストーリーとしてはもちろん力はないですよね。文章的にも、完成度の高い文章ですかと問われれば、そうでもないような気もするんだけれども、そういう技術的なこととは全く関係ない世界、「末期の眼」でしかとらえることのできない世界。非常に感動的です。

森　石和さんの『野分酒場』（福武文庫）は、地上げの頃の千駄木辺りのボクシングジムの話で、とってもおもしろかった。最後の長篇『地獄は一定すみかぞかし』（新潮社）という暁烏敏の伝記も読みましたが、これも文体が随分違ってきてますね。

浅田　やっぱり味わえる小説というのはいいですよ。ただハラハラドキドキするのではなくて、じーんと味わえる小説というのは、なかなかないですからね。そういう点では、この二つは自分が読んだ中では今年の収穫だったなという気はします。この二つを続けて読んだ後に、思っちゃいましたよ。「あぁ、おれ死ぬときにどんな小説書けるだろう」って。

新しい手法

森　私、村松友視さんの『鎌倉のおばさん』(新潮社)はおもしろく読みました。筆者のお祖父さん、村松梢風は放蕩者で、そのことは梢風自身も書いているし、息子さんも書いている。この本は梢風が亡くなった後に残された、梢風の女だった人のことを書いているんですね。虚言癖があるけど魅力的な。小説的な手法を上手に使いながら伝記を書くという点では、新しいと思いました。

浅田　僕が、非常に興味を持ったのは、京極夏彦さんの『嗤《わら》う伊右衛門』(中央公論社)。別に新しい手法ではないと思うんですが、京極さんにとっては飛躍的だったと思った。もちろん京極さんの前の作品が悪いというわけではなく、前のものを突き破って、『嗤う伊右衛門』を書いたということは、ちょっとした事件じゃないでしょうか。あとは……『鉄道員《ぽっぽや》』(集英社)はいい小説集でした(笑)。

森　みんな「鉄道員」を読んで「泣いた泣いた」って言ってますよね。私も「赤ちゃんの体がひやっこい」というところで泣きました。でも「ラブ・レター」が一番好き。

浅田『鉄道員』は寄せ集めの短篇集じゃないんです。本当に「いい短篇集」を作りたかったの。

森　受賞作品はおもしろいけれど「どうしてこれが一緒に入っているんだろう」と思うような短篇集も少なくないけれど、『鉄道員』は珠玉の短篇集で、どれも心優しい亡霊が漂っていて……。統一感がある。

浅田　今年は山田詠美さんの『4U』（幻冬舎）や、篠田節子さんの『女たちのジハード』（集英社）など、短篇集にいいものがありましたね。『女たちのジハード』は、僕は一種の社会小説として読みました。現代の働くOLを主人公にした連作短篇というのは、あるようでなかった。

森　『女が家を買うとき』（松原惇子・文春文庫）とか『結婚しないかもしれない症候群』（谷村志穂・角川文庫）とか、働く女性の問題を扱ったノンフィクションはありましたが、小説ではなかったんですよね。篠田さんが受賞のとき「これはノンフィクションみたいな書き方だから賞はとれないと思った」とおっしゃっていましたけれど、ノンフィクションと小説の手法の「乗り入れ」がうまく行われていると思います。

戦無世代の「戦争論」

浅田　もう一つ非常に興味を持って読んだのは『アンダーグラウンド』（講談社）。だって、「なぜ村上春樹さんが？」という感じでしょう？　僕は、これは村上さんにとって「偉大なる習作」なのではないか、という気がします。

森　書評に採り上げておられましたね。

浅田　『ねじまき鳥クロニクル』（新潮社）に、ノモンハン事件のことが出てきました。ノモンハン事件は小説の素材としては最も厄介なものじゃないかなと僕は思っていて、村上さんがそれに触れたということにびっくりしたんです。村上さんは僕より一つか二つ上の、いわゆる完全な戦無派。いつかは、戦無派の人たちが、僕も含めて、戦争を題材にした小説を書くことになるでしょう。でも今はなかなか難しいんですよね。ですから『アンダーグラウンド』は将来村上さんが書かれるはずの〝戦争〟への一つのステップじゃないかと推理しています。

森　今年は戦争を知らない世代が戦争を考えるという試みが目につきました。小説以外でも、加藤典洋さんの『敗戦後論』（講談社）が論争を巻き起しました。

浅田　戦後生まれの学者が客観的な戦争論、あるいは時代論というのを語り始めたということは今年の収穫ではないでしょうか。
森　私が読んでよかったのは、川村湊さんの『満洲崩壊――「大東亜文学」と作家たち』（文藝春秋）。日本が植民地を持っていた頃というのは、ほとんどの人が満州や台湾、朝鮮に関わっていますよね。引き揚げてきた人も非常に多い。そういう人たちがまだたくさんいて、それなりの記録や回想記はあっても、私たちになかなかつながってきませんでしょう。
浅田　去年、中公新書の『キメラ――満州国の肖像』（山室信一）を非常に興味を持って読んだんですよ。読んでいる最中に気がついた。この人、もしかしたら若いんじゃないかなって。客観的だったから、記述が。
森　藤原ていさんの『流れる星は生きている』（中公文庫など）のような、体験談が今まで主流でした。それも貴重ですけれど。
浅田　僕、実は満州オタクなんです（笑）。「満州」という名前がつく本は大体読むんですけれども、『キメラ』には驚きました。こういうのが出始めたんだなって。
森　去年、黒川創さんの編集で『〈外地〉の日本語文学選』というシリーズ（新宿書房）が出ましたね。満州とか台湾とか、三巻。ああいう出版というのは、本当に厳しいけれども、大事なことですね。

浅田　それから、この間、『陸軍将校の教育社会史――立身出世と天皇制』（広田照幸・世織書房）というぶ厚い本が出たんですよ。読んで、僕はいたく感激した。これも、かなり若い人が書いているはずです。「帝国陸軍将校とは何か」ということを緻密な調査や統計などで明らかにしている。

森　軍隊というのは、私たちの知らない世界ですからね。ぜひ実態が知りたい。

浅田　戦争を知らない僕らにとっては宝物みたいな本ですよ。客観的な目で帝国軍隊とは何かと考える時に、ああいう資料というのは、すごくありがたい。すばらしい仕事だと思った。

森　戦後世代が戦争を書く場合、非常に客観的なものも、自分を問うものも、神がかりみたいなものもあるでしょう。川村湊さんの場合は、日本人であるということを劫罰のように背負わずに、もうちょっと広く世界の人と対等に話し合いながら、みんなを巻き込んで満州を考えていくみたいなオープンな姿勢です。

オタクの読書法

森　こうしてみると、今、爛熟しすぎたヨーロッパ離れというか、アジアに対する興味が高まっているように思われます。紀行物にしても。浅田さんは最近イタリアとフランスに旅行されたそうですから、どちらかというとヨーロッパ好みなのかな。

浅田　僕はただ好奇心が旺盛なだけで、別にどこに憧れているということは、あまりないんですよ。それは読書と同じで、読書も何が好みというのはあまりないんです。ただし、僕の読書の傾向で一つ言えるのは、さっき満州オタクって言いましたけど、一つのものにドンとはまっちゃうと、その関連のものを延々と読む。中国関係では、先年亡くなられた宮崎市定先生の著作を、愛読しました。

森　私も宮崎さんの中公新書『科挙』は読みました。

浅田　おもしろかったでしょう？　その他『わが半生』（愛新覚羅溥儀・ちくま文庫）や『紫禁城の黄昏』（R・F・ジョンストン・岩波文庫）、『流転の王妃の昭和史』（愛新覚羅浩・新潮文庫）などを、チャイナ服を着て、丸いサングラスをかけて読んだ（笑）。

森　すごい実践派（笑）。でも、その読書法が一番身につくんじゃないですか。『蒼穹の昴』はそこから生まれたんですね。

浅田　つまらないものにはまるときもあるんですよ。

森　私にもそういう傾向はあるんです。ニコライ二世の娘だとかいう人の……。

浅田　アナスターシャ。はまるんだ、はまるんだよ、あれ（笑）。ロマノフ王朝の最後というのは。

森　あれではまって、ロマノフ王朝関係は全部読んじゃった。あと、マリー・アントワネットにツヴァイクではまって、フランス革命関連のものはあらかた読んだし（笑）。

浅田　ロマノフ王家って最悪の終わり方じゃないですか。夢も何もない。で、謎が残る。あれにはまるんですよ。

森　よかった、私だけじゃなくて（笑）。

浅田　僕の書庫に来たら、みんな「何だっ、これ」って必ず思います。全然バラバラですから。やみくもにダーッと読んでいくうちに一冊、決定的におもしろいものにぶつかるじゃないですか。そうすると、そこがはまりになるわけですよ。それが一段落つくと、またダーッといって、また次のが見つかるとドンといく。その辺は非常に恋愛と似ておりまして……。

森　四年で終わったりして？（笑）

掲載　「波」　一九九七年十二月号

ひとり歩きが長いよね

中井貴一

なかい　きいち
一九六一年生まれ。俳優。
出演映画に『ラブ・レター』『壬生義士伝』など。

浅田　いやあ、こうして向き合っていても、中井貴一さんだという気がしないね。僕にとっては、完全に〝高野吾郎〟さんですね。
中井　そういっていただくと、うれしいですね。実は、今までにやくざの役も、サラリーマンの役もいろいろやっていますけど、今回の吾郎のような根がない人間の役は初めてなんですよ。
浅田　僕、実は最初、吾郎役は中井さんだって聞いたとき、ちょっと違うんじゃないかと思ったんだよ。まじめすぎるな、と。というのも、中井さんて『ビルマの竪琴』（東宝系）の実直な水島上等兵のイメージが強いんですよ。
中井　……（苦笑）。
浅田　だけど、やくざにもなれない半端ものの吾郎にしても、人間としての誠実な根があるんですよ。それがこの小説の命でもあるんですが、そこをよく演じていますよ。いや、感心しました。

「役作りのためパチンコにまるまる二十日」（中井）

中井　一度、大船《おおふな》の撮影所でお会いしたんですよね。そしたら、紺のスーツにブルーのワイシャツ、紺系ネクタイで、すっげえ、おっしゃれ。めちゃくちゃ洋服がお好きなんだなと思いましたよ。
浅田　だって、日ごろ汚いかっこうで、書斎にこもっているでしょう。ひげだって一週間も剃らないですからね。たまに外へ出るときくらい、きれいにしていきたいですよ。
中井　で、うかがったら、作家になる前、アパレルのお仕事をなさっていたというじゃないですか。さすが、と。
浅田　役作りのためにパチンコへ通ったんだって？
中井　はい。原作を読ませていただいて、表面的に根がないように見えるそういう人間を、どうやって表現したらいいか考えて。で、歌舞伎町（東京・新宿）のパチンコにまるまる二十日間くらい……。
浅田　目立ったでしょう？
中井　最初、ただつっ立って見ていたんですが、店のほうはわりと客に目を配っているんですよね。ただ立っているわけにもいかなくて、台の前に座ったんですよ。だけど、僕が昔ちょっとやった頃は、（右手で昔の機械をはじくまねをして）これでしょ、全然わからないんですよ。
浅田　でも、パチンコという存在はおもしろいね。なぜ、ああいうものが、いっぱい世の中にあるんだろう。
中井　おもしろいですよ、来ている人も。すごくいろんな人がいて。パチンコの台と会話しているおばさんとか。彼女の背景にどういうものがあるんだろう、って、思わず想像しちゃいますよ。家族は、家は、今までの人生は、って。

こんなことというと、役作りのために努力したと思われるんですけど、人間が好きだし、仕事が好きですから、努力しているんだなんて思ったことはなかったですね。

「きみぃ、それは愚問てもんだよ」（浅田）

浅田　僕は、筆無精でね。作家がいうと、医者の早死にみたいなもんだけど、親に手紙を書いたこともない。原稿以外の字を書くのはいやなんだ。電話もきらいだし、（愛の告白は）面と向かってしゃべって伝えるね。

中井　僕もすごい筆無精です。電話の世代ですからね。

――でも、中井さん、もらったことはあるでしょう？

浅田　（質問した記者に向かって、突然の大声で）きみぃ、それは愚問てもんだよ。

中井　（苦笑しながら）十九歳でデビューしてからは、ファン・レターばかりなんですけど、それ以前のことといえば、高校一年のときに、あこがれていた一つ上の先輩がいまして、その彼女から告白されたことがありましたね。

浅田　手紙で？

中井　ええ。そのとき、文字には不思議な重さがあるな、と思ったんです。言葉でしゃべってしまうと、信用できないこともあるけど、文字であれば安心できる。行間から書かれていることの気持ちの裏を読み取ったり、想像も広がりますね。

――　最近はみんな、手紙を書かなくなっている。それだけに、この作品の中のラブ・レターが心に残るんですね。

中井　でも、実際にこんなラブ・レターをもらったら、どうしようかと思いますよ。自分の人生決められたみたいなもんで、これはこれで大変ですよ（笑）。

浅田　そうだよ、刃物つきつけられたみたいなもので、怖いよね。

「年上のあの人にすごい魅力、感じたね」（浅田）

――　映画の中の吾郎は三十八歳。一般的にいえば中年ですが、年とともに恋の形は変わりますか？

浅田　僕らが、二十歳の頃に見た三十八歳とか四十歳というのは、とんでもないおじさんだったよね。でも、今は四十歳がおじさんだという感覚はないでしょう。現実に若いしね。だから、僕は八がけで考えていいんじゃないかと思うんだ。

中井　四十歳なら、八がけで三十二歳ですね。

浅田　女の人も若いものね。

中井　小学校の頃、先生というのは、とてつもなく大人で、怖い存在に見えたじゃないですか。でも、ふと思うと自分もその先生の年になっているんですよね。結局、基本的な人間の核っていうのは、いくつになってもあんまり変わらないような気がするんですよ。

浅田　うん（うなずく）。

中井　成長しなきゃいけないとか、変わらなきゃいけないという責任感や人生経験。そういうので変わったように見えますけどね。純粋なだけでは生きていかれないことを知ったり、虚勢を張ったりすることを覚えたり。

浅田　そうそう。ただ、年とると、ちょっと変質はあるね。しつこくなるとか、いいわけがましくなるとか。だけど、恋愛そのもののパワーは変わらないし、むしろプラトニックになっていくんじゃやない？

――女性の好みは年とともに変わりました？

浅田　そりゃあね。（笑いながら）僕には娘がいるのですよ。だから、娘の世代には、ものすごく抵抗を感じますよ。世の中にロリコンおやじというのがいるでしょ。でも、ああいうおやじには、絶対娘はいないと思う。
中井　お嬢さん、おいくつですか？
浅田　十八です。
中井　（ものすごい大声で）エーッ、十八歳ですか！
浅田　今試写会で『ラブ・レター』見てますよ。
だから、僕は十八歳プラス五歳、だいたい二十五歳までの女性は恋の対象としては考えません。正常な男性ですから。
中井　僕は娘はいませんけど（笑）、十八歳か……、話が合わないですよね。
浅田　話題がないってのは、つらいよね。
中井　だから、年齢ではないけど、そこらへんは考えちゃいますよね。
浅田　僕ね、最近、岩下志麻さんとお会いしたんです。あの人、僕より年上ですよ。だけど、すごい魅力、感じたね。
　で、僕は思ったの。もし岩下さんが二十五歳のときに会っていたら、これほどの魅力を感じたろうか、って。年とともに美しくなっていく、そういう魅力だよね。
中井　僕、イタリアが好きでよく行くんですけど、五十代、六十代のおやじが、めちゃくちゃかっこいいじゃないですか。男として目指すのはあれですね。

浅田　そうだよ、そう。

中井　おやじが、女性に声をかけているじゃないですか。日本だと、〝おい、ねえちゃん〟といっておしりなでなでしたら、すごくいやな感じなんだけど、イタリアのおやじなんて、あんなもんじゃない。片っ端からでしょ。でも、ここに大人の、いい意味でのつやっぽさがあるんですよね。

浅田　日本では、男も女も、若さばかり求めすぎるんです。年をとったからといって、あきらめない、パワーを持ち続けるべきで、色気は年とともに出ていくべきですよ。枯れるのは七十すぎてからでいい。

中井　女性に年齢を聞くと怒るでしょう。そういうなかで、パッと〝四十八歳です〟とか正直にいう女性は素敵ですよね。で、実際にそういう女性って、その年なりの素敵さをもっているんですよ。

浅田　女はマダムと呼ばれるようになってからが、本当の色気が出てくるんですよ。

「知らない人が、僕の〝真実〟をいっている」（中井）

――映画の中の吾郎は偽装結婚でしたが、おふたりは結婚をどう考えられてますか？

中井　（きっぱりと）僕は、結婚はしたいと考えていますよ。僕は二歳半で父（俳優・佐田啓二）を亡くしていますから、ガキの頃から、すごく家庭を持ちたいと思い続けてきたんです。ただ、こればかりは出会いですからね。

浅田　うわさはいろいろにぎやかですね。

中井　うちには、男が主導でなきゃいけないという決まりがあるんですよ。で、家に何かあるときは、おふくろも姉貴（女優・中井貴恵）も、俺の判断で決めてきた。ところが、結婚のうわさもですが、母親の意見がどうこうで、僕が結婚しないみたいなこと、いわれているんですよね。

他人がいわれているときには、あまり感じないんですが、いざ、自分が取り上げられると、真実がわからなくなりますね。

おいおい、俺の真実は俺の中にあるんじゃないのか。なのになんで、僕の知らない人が、よってたかって〝真実〟をいっているのって感じですよね。

まあ、食卓を囲みたいという、あまり大きくないけど、夢をかなえたいんですよ。まずは小さいことからコツコツとね（笑）。

浅田　うわさのひとり歩き、というやつだね。

中井　ひとり歩きしていって、真実がなくなっているんですよ。

浅田　中井さんのは、ひとり歩きが長いよね。で、歩いていくうちに、どんどん大きくなっていく（笑）。

中井　日本にいると、何やかやといわれますから、（胸を張って、元気よく）先生！　今度、一緒にイタリアに服を買うのと、めし食うのと、行きませんか。

浅田　いいねえ。でも、イタリアはヤバイね。店が並んでいるでしょ。軒並みほしくなって、それを限られた時間で買うでしょ。帰ってから、なんでブルーのジャケットが三着もあるんだ、なんなんだ、このシャツの袖の長さは、って（笑）。

中井　それから、カードの請求金額にもですね（笑）。

浅田　でも、行きましょう。イタリアで……。

ふたり　（同時に）バクハツしましょう！

掲載　「女性セブン」　一九九八年六月四日号

中井貴一氏主演映画「ラブ・レター」公開記念対談

体力こそが小説家になる第一条件です

五條　瑛

ごじょう　あきら
作家。
著書に『プラチナ・ビーズ』『愛罪』など。

長篇を書き終えて……

浅田　『プラチナ・ビーズ』を読ませていただきましたが、たいへんな力作ですね。

五條　ありがとうございます。

浅田　僕はこのところ本を読む仕事が多くなっちゃって、書評家の職場を荒らしているんだけど、あんがい最後まで読める本って少ないんですよ、始まった途端に投げたくなるようなのが多くあって。あるでしょう、書評を書いてても。

五條　ありますね（笑）。

浅田　この小説は最後まで一気に読めた。でも、これ結構長いですよね。何枚あるんですか。

五條　千二百枚くらいだと思います。

浅田　でも、全然そんなに感じなかったな。僕の感じでは八百枚くらいでしたね。読み終わった後に何枚あるかっていったときに、自分の感じたものより実際の枚数が長いというのがおもしろい小説のポイントなんですけど、その点ではこれはおもしろい小説ですよ。でも書くのはたいへんだったでしょう。どのくらい時間かかったんですか。

五條　まず三百枚くらいを去年の五月のゴールデンウィークの前に渡して、その後、九月か十月くらいには完成してました。
浅田　ペースとしては速いですね。
五條　途中、タンカーの取材をしないと最終章を書けないというので、その取材の日程を待っていて執筆を中断していましたから、実際に書いていた時間はそんなにかからなかったと思います。
浅田　あのタンカーの取材はとてもよくできていた。取材を申し込んで、タンカーのなかに入ったんですか。
五條　はい。ギリシャ船籍のタンカーで、すごく親切な船長さんでした。船内の隅々までなめるように見せていただきましたけど、小麦を積む船でしたから、鼻の穴まで粉まみれになって（笑）。
浅田　あれは取材がとっても生きてると思う。忙しくて時間がなくなってくると、全部活字で代用しがちなんだけど、現場に行って実際にものを見て雰囲気を確かめないと、やっぱり本当にいいものって書けませんね。僕も一昨年から去年にかけて、新聞の連載で初の海洋小説を一つ書いたんだけど、実際に船に乗る時間がなくて、結局、氷川丸でごまかしちゃいました（笑）。
五條　すごく楽しい取材でした。毎日食べているものですけど、米とか小麦がどうやって運ばれてくるかというのは意外と知らないんですよね。巨大なシャベルで小麦を掬ってサイロへ流し込んでいく様子をつぶさに見せていただいたり、おまけにランチまでご馳走していただいて。

浅田　実際に取材をするとしないでは大違いですよ。あの場面は小説の中の一番の山場というか、大きくアクティヴに登場人物が動く唯一のところでしょう。それ相応の枚数もとってあるし、あれは大成功ですね。

五條　あそこは自分でも割と一生懸命に書きましたので、そういっていただけて本当に嬉しいです。

浅田さんにお会いしたらお伺いしたいと思っていたんですけど、わたし、今度の『プラチナ・ビーズ』を書き終えて、ああ書いたなという充実感はそれなりにあったんですけど、その後寝っ転がってドーデーの短篇なんかを読んでいるとクラッとくるんです。どうしてたった数十ページでこんなに素晴らしいものが書けるんだろうか。やっぱり、小説家というのはこういう短篇を書けるようにならなきゃだめなんじゃないかって。

わたし、長く書くのは苦じゃないんです。どんどん書いていって言葉で説明しきれないものをどんどん補っていけばいいんですけど、逆に短いものを書けといわれると、ものすごく悩んでしまうんです。

浅田　長いものに向いているか短いものに向いているかというのは、生まれ持った資質というのがあるんだろうと思いますよ。僕はたまたま短篇集で直木賞をもらったし短篇集が売れてはいるんですけど、自分では長篇作家だと思っているし、実は短篇を書くときはすごく苦痛を伴う。

五條　短篇のほうが絶対苦しいですよね。

浅田　俳句を吟じたり短歌を詠んだりするのと同じ苦しさがありますからね。でも短篇を書くというのは、小説家にとっては一つの効用なんですよ。

例えば、『蒼穹の昴』という長篇、あれは長いこと書きたいと思っていた小説なんです。その書きたかった小説を延々と書いていって、ようやく終わった。さて、次に何をやるかと考えたときに、短篇を書かなければだめだと思ったんです。というのも、多分五條さんも含めて長篇小説を書いた後はみんな同じだと思うんですけれども、何か自分のなかに弛緩したような空虚な感じがまとわりついて、これじゃいかん、ここで短篇を書かなきゃ、と。で、『蒼穹の昴』を書き終えた数日後に書いたのが「鉄道員《ぽっぽや》」と「悪魔」の二つだったんです。それから後の一年間というのはまるで短篇づけ。月に五十枚のを二本ずつくらい書いてたんじゃないかな。だから五條さんも向こう一年間は、最低でも月に一本短篇を書いていったほうがいいんじゃないですか。これを一年やると全然違いますよ、文章が締まってくる。

短篇小説はインターバル・トレーニング

五條　おっしゃる通り、いま自分のなかで短篇を書けるようになるかどうかというのは大きな問題なんです。

浅田　結局、長篇小説だって短篇のおもしろさを随所にちりばめていればもっとおもしろくなりますからね。それに緩みのない文章というのを学ぶのは短篇しかない。長篇をいくら書いても締まらないんです。

五條　でも、短篇ってほんとにむずかしいんですね。

浅田　僕だって短篇を書くのはすごく嫌だったもの。一つはコンパクトに書くのがむずかしいということ。それから、このネタだったら長篇で書いたほうがいいと思われるものを短篇で消費しちゃう。これが辛い感じがする。あと、これは合理性の問題なんだけど、短篇っていくら書いてもなかなか本にならないし、本になっても売れない。そういうものが宿命的についてまわるから、五十枚の短篇を八本書いて一冊の短篇集にするよりも、四百枚一本書いたほうが小説家としてはずっと合理的なんですね。だからこれを商品だとは思わないで、自分の鍛錬だと思って、それぐらいの気持ちで書いていくほうがいいんじゃないですか。

五條　いま日本では風潮的に長い小説が歓迎されるところがありますよね。三千枚とか四千枚とかというのも出てきて、行きつくところまで行った感じですけど、そういう時代はそう長く続かないんじゃないか、これからは五十枚とかの短篇の時代じゃないかとも思うんですけど。

浅田　そうなるかどうかはわからないけど、もともと日本の文学というのは短篇を書いて習練するというのが麗しき伝統なんですね。昔は新人作家が月刊小説誌に短篇を次々に書いていって自分を鍛えた。どんな長篇作家でも必ず初期短篇集というのがありますけど、みんな初期は短篇でもって文章修業をやっているわけですね。そういう鍛錬の仕方はすごく理に適っていると思いますね。

五條さんはフリーライターになられる前には、防衛庁で調査関係のお仕事に就かれていたとか。そうすると体育会系の雰囲気はよく知っているでしょう。

五條　ええ。

浅田　だったらわかると思うけど、持久走というのはあらゆる運動の基本なんだけど、実はいくらこれをやっても筋肉はできない。筋肉をつけるには短距離を走るインターバル・トレーニング、あれがいちばん筋肉がつくわけじゃないですか。短篇小説はあれだと思う。だから短篇五十枚のいいものを自分で必死になって書いて、書き上がったときというのは、わずか五十枚でもなんかムキッとどこかの筋肉がついた感じがするんですよ。

五條　今わたしも締まりのない癖がついてしまい、放っておくとついだらだらと長くなって、気がつくと枚数を超えているんです。結局締まりがないんですよね。

浅田　それからもう一つ、短篇に熟練していかないといろんなオーダーに応えられなくなる。つまり、すべての注文が千枚の書き下ろしをといってくるわけじゃないでしょう。新聞や月刊誌それに週刊誌といったいろんな発表媒体から注文がくるわけですよ。そうなったときに書き下ろしの長いものしか書いてないと全部に対応できない。短篇をやっていれば、文章の力がつくと同時にフィールドを全体的に見る力がつく。

　というのも、長篇の書き下ろしというのは枚数の制限があるようで実はない。締切りだってあるようでない。でもこれから先は、枚数の制限もあるし締切りもものすごく厳密になる。そういうものに対応していくためにも短距離的な筋肉を持っていれば大体小回りがきくわけですから。

作家は体力が勝負

五條　わたしはフリーライターをやっていたことを決して後悔はしてないんですけど、書評を書くときは出来上がった作品が回ってきて、それについてどういう評価を下すかという視点でものを見ていくんですね。ところが、小説を書くときには、それとはまったく別の視点で見ていかなければいけない。いざこうして小説を書き始めてみると、その落差が結構苦痛なんです。

浅田　自分で一冊本を出せば自然と小説家の目になりますよ。でも、それは純然たる読者の楽しみを奪われることでもあるんです。読みながらつい、俺だったらこう書くと思っちゃう。だから書評を書くときに心掛けていることは、できるだけ漫然と読者として読もう、と。

五條　書評家と作家って並行できますか。

浅田　できると思いますよ。例えば川端康成さんは長い間文芸時評を書いていたし、今の作家のなかにもすごい読み手という先生が大勢いるしね。それは並行していくべきじゃないですか。もちろん、同世代の同じ舞台に立っている作家を褒めたり貶《けな》したりするというのは、むずかしいという問題もあると思うけど。

五條　わたしの場合、書評として取り上げるのは、ほとんど海外の翻訳ミステリーですから、そのへんの絡みはないと思います。

浅田　だったらなんの問題もない。今後も書評を自分の仕事の一つとしていたほうがいいんじゃないですか。小説家というのは忙しくなってきて原稿の締切りだけに追われるようになると、すごく近視眼になって自分の世界だけに閉じこもるようになる。
　だから、僕もどんなに忙しくても本は読むとか外をぶらぶら歩くとか、できるだけ人間らしいことは欠かさないようにしているんですよ。

五條　書評家やライターから作家になられる方で、華麗にというか、すごくパッと変わられる方がいるでしょう。そういう方を見ていると、自分もああいうふうになり切れるかなあ、むずかしいかなあって、うじうじと悩んではいるんですけど。

浅田　でも五條さんは、いいデビューの仕方をしたんじゃないかなあ。新人賞をとってデビューするというのが王道ではあるけれども、あそこから出てくるというのはたいへんでしょう。そう考えれば、僕もライターから作家になったから同じなんですけど、インサイドから登場してくるというのは早道だと思いますよ。何よりいいのは、あなたは体力に自信あるでしょう。

五條　それはもう、あります（笑）。

浅田　小説家としてこれから立ちゆくあなたの最高の才能はそれだと思う。

五條　体力ですか（笑）。

浅田　実はこれが一番ものをいうんですよ。正直、僕も自衛隊の時代に身につけた体力がなかったらデビューはできてないと思いますよ。周りを見てごらんなさい。病弱な作家なんて一人もいませんよ（笑）。病弱だとレースから落とされちゃう。

五條　でも昔は作家というと、肺をわずらったりして病弱というイメージでしたよね。

浅田　その時代の小説家は忙しくなかったんですよ。だってテレビもラジオもないし、週刊誌だってない。新聞や月刊誌に小説を書いてそれが本になるというパターンがほとんどで、小説家は暇だった。暇でも食えた時代だからひ弱な小説家でもよかったわけです。

しかし、いまや病弱な作家はいませんよ。例えば、船戸（与一）さんと大沢（在昌）さんと北方（謙三）さんが集まっているところへいってごらんなさい。まるでプロレスラーに囲まれているみたいだよ（笑）。あれは運動不足で太ってるんじゃないんです。もともと体力のある人が作家として残ったわけ。

五條　淘汰されたんですね。

浅田　僕なんかは、直木賞前後から始まったことなんだけど、ほんとに寝られないんですよ。なにしろ締切りが毎日くる。ひどいときには午前と午後それぞれ一本ずつとかね。しかも原稿だけ書いてりゃいいわけじゃなくて、インタビューやテレビの出演、その合間にめしだお茶だと、そういったなかで小説を書いていくわけですから、ほとんど戦場なんです。弾が飛び交っているなかで一人ひとり当面の敵を倒していく。そういう戦争状態を乗り切ってしかも的確な仕事をしてきたもののみが生き残る。

だからそういう意味でも、若い人にどうやったら小説家になれますかって聞かれたら、僕はとりあえず自衛隊に入りなさいということにしている（笑）。体力は必須条件。だからそういう意味では五條さんは十分資格をもっている。それはすぐに、ああなるほどとわかりますよ。

ところで、今度の小説の話に戻るけれども、あの小説で一つおもしろかったのは、ものすごいマニッシュ（男っぽい）な小説なことですね。何も情報を与えず読者が読んだら、おそらく百人のうち百人が男が書いたと思うんじゃないかな。この小説を女が書いたということだけでも話題になると思う。最近では女性がマニッシュな小説を書き始めてはいるけれども、あそこまで一〇〇パーセント、マニッシュな小説はない。どんな小説でも女が書いた小説は女を感じるんだけど……。

五條　女を感じなかった？

浅田　僕も何も聞かないで読んだらどんな野郎だと思ったんじゃないかなあ。それから女性の視点で書いていないでしょう。

五條　女性が一人しか登場しませんから。

浅田　視点を動かしたのは、その女性の登場人物の告白文のところだけで、あとは全部男の視点で書いている。そこがおもしろい。

それから今度の本は、五條さんの経験をいかして朝鮮半島の問題がリアルに描かれているわけですけれど、聞くところによるとこれは四部作くらいを構想なさっているとか。

五條　ええ。どうなるかわかりませんけど、一応その予定です。

浅田　でも、あまり慌てて書かないほうがいいと思いますね。僕も『蒼穹の昴』の続編を書こうと思っているんですけど、いま書き急いで共産党成立に向かって『蒼穹の昴』を書いていったとすると、書いてるうちに中国の情勢が大きく変わるかもしれない。もしそうなった場合は、書いたことが見当違いなことになる。五條さんの朝鮮問題も同じで、まさに現在進行形でしょう。だからそんな慌てずにじっくり腰を据えてやったほうがいいと思いますよ。

五條　中国とか朝鮮とか東アジアの辺については、これからも追っていきたいとは思っているんです。

浅田　ただ北朝鮮には取材に行けないでしょう。

五條　そうなんです。それが辛い。

浅田　僕も朝鮮半島に興味がないわけじゃないけど、小説の舞台として考えたときに、やっぱり縛りが多い。その意味でも、結構ぎりぎりのところで書いてうまくまとめてると思います。それにやっぱりリアルですよね。頭のなかで考えたアメリカのスパイ映画の亜流とちがって、極めてリアルでおもしろかった。読者としてはさしさわりのないところでもっと暴露してもらいたいね。

五條　そうですね。自分の経験をいかしたところで書けるものは、どんどん書いていきたいと思っています。

浅田　でもできれば自分のジャンルをあんまり限定しないで、例えば恋愛小説を書いてみるとか。

五條　ああ、いいですねえ。

浅田　それに短篇で自分の新しい世界を開いていくといいと思いますよ。

五條　わたしもいろんなことをやればいいなと思ってます。

浅田　体力があれば大丈夫だよ。

五條　結論はそこへいくわけですね（笑）。

掲載　「青春と読書」　一九九九年三月号

母娘愛憎

天海祐希

あまみ　ゆうき
女優。
出演舞台に『ピエタ』、ＴＶドラマに『BOSS』『カエルの王女さま』『結婚しない』など。

浅田　天海さんは、ミケランジェロのピエタ像を実際にご覧になったことはありますか？
天海　いえ、まだ見たことがないんです。
浅田　ぜひご覧ください。僕はサン・ピエトロのピエタを見たときにびっくりした。感動したというよりびっくりしたんです。果してこんなものが人間の手で作れるのかっていうぐらい、僕、感動したんですよ。なんでこんなに綺麗なんだろうって。
天海　そんなに……。
浅田　ええ、素晴らしかった。これをテーマにしてひとつの小説ができないかというのが「ピエタ」を書いたきっかけだったんです。
天海　いちばん最初はピエタ像ですか。ピエタを見て驚いた浅田さんというフィルターを通して出たのがこの「ピエタ」という小説なんですね。
浅田　ヨーロッパの彫刻なら、ギリシャ彫刻より優れたものはないっていうのが僕の考え方だったんです。それからあとの時代のものは古典を超えようとするんだけど、全然超えられないものの連続。それが、あのピエタ像を見たときに、古代ローマとか古代ギリシャの芸術を超えてる感じがしたんです。僕は奇跡だと思った。
天海　「ピエタ」は、どういう状態でお書きになったんですか。自分がトモコさんになりきって書かれているんですか？

浅田　短篇小説の場合は、小説を書いてるときにどういう気持ちで書いたのかって、ほとんど記憶にないんですよ。長篇の場合はそれなりの時間をかけて書いているから覚えている部分もあるんですけど、短篇小説の場合は、一日か二日で書くんです。逆にいうと、一気に書かなきゃいけないものなんです。そうするとね、そのときなにを考えていたかということは、記憶にないんですよ。でも「ピエタ」についてははっきり言えるのは、娘と母の軋轢《あつれき》はまるで想像です。そんなものは取材して分かるものじゃないですからね。

天海　想像だけ！　浅田さんの頭の中を見てみたいです（笑）。どうして想像だけであんな小説が書けるんだろう……。初めて読んだとき、もう、ヤダーと思うぐらい泣きました（笑）。私、宝塚に行く前すごい反抗期で、そのまま宝塚に行ったんです。中学二年か三年ぐらいから高校の二年間というのは、両親とは必要がなければ全然しゃべらないような状態で……。

浅田　宝塚にはおいくつで行かれたんですか。

天海　十七歳で行きました。高校二年中退で、そのまま行ったんです。

浅田　そりゃあ、反対されたでしょう。

天海　いや、全然。もう、好きにしなさいって言われたんです。その当時、うちは共働きで母は日曜日も仕事をしていたんです。私は、ずっと家にいてくれない母にすごく反発していて、自分が大人になって結婚したら、すぐ仕事を辞めて、子供と一緒にいてあげようとか、三時のおやつを作ってあげようとか、いろいろ思ったこともありました。それでそのままの心境で宝塚に行ったんです。そうしたら、母親から一週間に一通、父親から一カ月に一通の割合で手紙が届くんです。「元気ですか。風邪はひいてませんか」とか、それを読んでいると、母の私に対する気持ちを誤解していたことに気づき始めて……。

浅田　ご出身はどちらですか。

天海　東京です。

浅田　じゃあ、とんでもなく遠くへ行っちゃったわけですね。

天海　そうなんですよ。それで母は、どこでも買えるようなものを小包で送ってくるんです、リンゴとかミカンとか。こんなのどこでも買えるじゃないと思うんだけど、その小包の中身を見てね、涙が出るんですよね。なんか、こんなの送ってくるなんてバカみたいと思いながら……。それですごく母親とか父親のありがたみを感じて。大事にしなきゃなと思うんだけど、それまで反抗してたぶん、なかなか素直に甘えていくことも、優しい言葉をかけてあげることもできませんでした。

浅田　今でも？

天海　いや今はそんなことはないですけど、宝塚を卒業するまではそんな状態でした。

浅田　東京はどちらなんですか？

天海　下町です。

浅田　じゃあ僕と一緒だ。

天海　そうなんです（笑）。だから分かっていただけると思うんですけど、下町の人って、心の中では温かかったり優しかったりするのに、出てくる言葉が乱暴だったりするじゃないですか。だから家族でもお互いに優しい言葉をかけられずにいたんです。それが私がポンといなくなったことによって、お互いが素直になれた感じがしました。私も手紙ではいろんなこと書けるから、今日はこういうことをしました、ああいうことをしましたという手紙を書いたし……。公演があると家族で来てくれてたんですね、大阪まで。お正月公演とかは、十二月三十一日から家族でバーッと来てくれて、独り暮らししてた狭い家に、みんなで泊まって（笑）。お正月、ひとりじゃ可哀相だからって。

浅田　いい話だなあ。

天海　女の子って、お母さんに対してライバル視したりとか、憎んだり、愛したりというすごく複雑な気持ちがあるんですね。私も母みたいにはなりたくないって思ってた時期もあったし、こういうところが嫌だって思いながらも、母親に似ている自分を発見したり。子供の頃、自分が嫌だなと思っていたことも、この年になってみると、理解できたりするんですね。

共働きで放任主義のように見えたなかにも、すごく強い愛情があったことに気がつかなくて。私は今でも自立心が旺盛で、こうやって二本の足で立っていられるのもそういう両親だったからかなと思って、最近は共働きも捨てたもんじゃないじゃないかと思うようになりました。

浅田　うん、うん……。

天海　でも、うちの母親はすごく悔やんでるんです。小さい頃にかまってあげられなかったって。母は仕事を辞めてから毎公演、一週間ぐらい大阪にずっと一人で来てくれて、ご飯作ったりしてくれてたんですけど、そのときに「お母さん、動けるうちに、あんたのことといろいろやってあげたい」って。そんなこと言われちゃうと、私もう何も言うことができなくなっちゃって……。

浅田　でも天海さんのお母さんと「ピエタ」のお母さんとは全然違いますよね。

天海　それはそうですね。でもこのトモコさんが、母親に対してすごく強い愛情があったり、憎しみがあったりする部分に共感するんです。「ピエタ」を読んだときに、どうして女の人の、それも女の子と母親の間のことがこんなに的確に表現できるんだろうと思って、それがすごく不思議でした。

浅田　「ピエタ」にはね、僕が小説家になったときの気持ちをちょっと投影してるところがあるんですよ。子供の頃、家が破産しちゃって、一家離散状態になっちゃったんです。だから僕自体もすごくひねくれて育ったし、ずいぶん悪いこともした。でも破産する前には、運転手付き、お手伝いさん付きっていう戦後のバブルを象徴するような家だったから（笑）、小学校からずっと私立のミッションスクールに行ってたんです。もしそのまま家が破産せずに中学から私立の進学校に行ってれば、同級生たちと同じエリートの人生というのがあったはずなんですよね。それが家が潰れてしまったから、そのまま落ちこぼれていった。自分が将来、こういうコースに行けるという資格が全部失われていったわけです。つまり親もいない、お金もない、学歴もないとなってくるとね、残ってるのは、もう小説家しかなかったんですよ。小説家っていいよ。元手もいらない、学歴もいらない、それに多少、根性が悪くてもいい（笑）。

天海　ハハハ……。

浅田　いや、でもね、なかなか自分ではいつまでたっても小説家になれたという自覚はなかったんです。やっとそう思えたのは、直木賞をもらったときかな、ああ、小説家になったなと思いましたよね。それでそのときにふっと思ったんです。じゃ、父や母がね、僕を捨てずにきちんと育てていたら、自分は小説家になっていなかったんじゃないか。よしんばなっていたとしても、人様を泣かせるような小説を書けなかっただろうと。僕初めて感謝しましたね、親に。ありがたいことだなあと。そのときの心境というのが、このトモコの心境でしょうか。

天海　だからなんでしょうね、男とか女とかを超えた、親に対する思いが痛いくらいに伝わってきました。でも、母にはこの「ピエタ」は読ませられない気がします。

浅田　うん、それは僕もそうだな。おふくろに読ませたくないよなあ。

天海　さっきも言ったんですけど、母親は、私にかかわれなかった時間ていうのを悔やんでるみたいで、私が自分で書いた本があるんですけど、絶対にそれを読まないです。小さいときからの話とか宝塚に入ってこうだった、ああだったなんて本なんですけど、兄や父は読んだのに、母だけは読まないんです。だいたい何が書いてあるか分かるから、読みたくないって。

浅田　うちも同じような感じなんだけど、こちらがどんなふうに思って書いても、親から見ると子供から責められてるように感じるんだろうね。だから親にだけは読ませたくないという気がする。

天海　それはすべての小説がそうなんですか？　お母さまには読んで欲しくないというのは。

浅田　いろんな小説に言えますね。『プリズンホテル』だってそうだよ。トラウマにおかされた小説家の話でさ、親が見りゃ嫌がらせしてるみたいなものだ。あの頃のことをまだ覚えてるのって（笑）。

天海　何とも言えない思いでしょうね、ご両親からすると。

浅田　だから、成長過程を知っている人には、親もそうだけれども、兄弟とか親類とか、みんな読ませたくない。でもそれはしょうがない。小説家の宿命だからね。

天海　そうなんでしょうね。

浅田　また「ピエタ」の話に戻っちゃうんだけど、自分で言うのも何なんだけど（笑）、トモコって本当にいい子だよね。よく「男には苦労させろ、女には苦労させるな」っていうけど、それは確かで女の子の場合、変に苦労しちゃうと汚れてしまう部分があると思うんです。でも、ほんとに何百人に一人か、苦労が身についていて、いい人というのが女性の場合でもいる。トモコはそういう稀な例だと思うんです。

天海　捨てられたときお母さんに言われた「いい子でいてね」という言葉が、もうがんじがらめにトモコさんを縛っていたはずなのに、それに守られたんですよね。いい子にならなきゃ、いい子にならなきゃって自分が思って、お母さんに言われたからっていいながらも、それで彼女は、はたから見るとすごく幸せな人生を歩むんですね。

浅田　僕はね、親と縁が薄かった分だけね、親の言った言葉はよく覚えてるんだ、その一語一語をね。子供の頃にかけられた声っていうのを、いつも頭の中でリピートしてたと思うんだ。それを今でも覚えてる。だから僕なんか育児ノイローゼみたいになっちゃって、自分の娘が生まれたときって、嬉しいより怖かったもん。どうやって育てていこうかって。娘と話すときも、このひと言がもしかしたらこの子の一生を決めるかもしれないとかさ、この態度がものすごく娘にとってはショックかもしれないって、怯えながら接してきた。娘はもう十九歳ですけど、いまだにそういうところがあるね。今年、地方の大学へ行ったんですけど、娘を送り出したときの、あの脱力感。みんな「寂しいでしょう」とか言うんだけどね、実をいうとそうじゃないんだ。もうこれで何をしゃべってもいいと（笑）。そのぐらいプレッシャーかかったんですよ、父親としての立場は。

天海　男親はやっぱり娘には気をつかうみたいですね。性が違うからかもしれないけど、うちの場合も父親は、兄や弟と違って、娘の私にはどうやって接していいか分からないっていう感じです。

浅田　でもね、娘って男親から見てメチャクチャ可愛いんだよ（笑）。どのぐらい可愛いかってね、いくつになってもね、後ろ姿をこうやって見てるだけでね、胸がいっぱいになってね、涙が出てくるような感じ。そのぐらい可愛いんだ、娘って。そういうもんなんですよ。お父さん、必ずあなたの舞台を観にくるでしょう。

天海　必ず、何回かは。

浅田　それでね、ボロボロ泣いてるんですよ（笑）、間違いないって。僕はできるだけ娘の卒業式とか入学式は行きたくないですもん。女房のほうがしゃんとしてる。僕は俯いたまま見られない（笑）。もう、幼稚園の卒園式から大学の入学式まで同じ。見てらんないの。

天海　うちの父親なんか一人でこそっと東京の宝塚劇場まで観にきたことありますよ。

浅田　そりゃあ行きますよ。絶対、行ってないようで何回も行ってるはずだ（笑）。

天海　ハハハハハ。それで、下級生の頃だったんですけど、たまたまその日、フィナーレのいちばんいいところで転んだんです。デデーンて転んで、アッて、立ち上がって引っ込んだんですけど。父親のほうが先に家に帰ってて、家族に「実は今日、あいつが転んだ。きっとあれはショックだから、今日、観にいったことは絶対に言うな」と、箝口令《かんこうれい》を敷いたらしいんです。だからその日私が帰ったら、みんななんかよそよそしいんですよ（笑）。それで「あのね、今日ね、舞台で転んじゃった」とか言ったら、みんな、「あー、よかった」って（笑）。

浅田　いやあ、だって小学校の学芸会だって娘が出てくるとドキドキするんだからね（笑）。そのときの父親の気持ちたるやね、もう、大変なものだと思うよ。

天海　娘さんが結婚されるときは、大変なんじゃないですか（笑）。

浅田　もう僕が知らない間に勝手にやってほしいって感じだね。

天海　そんなぁ（笑）。

浅田　でもね、いくつになっても親は親だよ。だから逆に親の立場になって考えてみると、「ピエタ」のお母さんもつらかったろうなと思うよ。トモコのことは絶対に忘れたことはなかっただろうしね。

天海　もし愛情たっぷりに、お母さんがいつも手の届くところにいたら、どうなっていたでしょうね。トモコさんもですけど、ミケランジェロも。小説のなかにも出てきますけど、彼も母親との縁は薄かったんですよね。

浅田　でも結局、そういう過去があったからこそピエタ像ができたわけでね。芸術家にとってのトラウマというのは、案外、必要なことなのかもしれないね。子供の頃に植えつけられたコンプレックス、それを回復しようという欲望というのが、芸術作品という壮大な嘘、これをつかせるというところがあるのかもしれないですね。

天海　ミケランジェロもきっと母親に感謝しているんでしょうね。会って話してみたいなぁ(笑)。

浅田　そうだね。

掲載　「ＣＲＥＡ」　一九九九年九月号
天海祐希氏主演舞台「ピエタ」公演記念対談

ゼイタクしなけりゃ男じゃない

北方謙三

きたかた　けんぞう
一九四七年生まれ。作家。
著書に『望郷の道』『黒龍の柩』『水滸伝』『楊令伝』『岳飛伝』『史記』『抱影』など多数。二〇〇〇年より直木賞選考委員を務める。

任意の一人になれる場所

北方　今日のテーマは「男の贅沢《ぜいたく》」ということだけど、浅田さん、贅沢という概念を持ったことあります？　あるいはすごく贅沢したなあ、と思ったことは。

浅田　うーん……、あらためてそう聞かれて困ってしまうということは、やっぱりないんでしょうね。お金を遣うという意味での贅沢って、そりゃ空虚でしょう。

北方　空虚だし、満足感がなくて、浪費したなって思うだけ（笑）。

浅田　その気持ちのほうが先立ちますよね。最初から結論めくけど、贅沢というのはお金をたくさん遣ったということじゃなくて、ある心の豊かさみたいなものを獲得したということなんですよね。でもまずそれには、今の生活を改善しないとね。こういう一分一秒を争うような暮らしをしていたら、永久に贅沢はやってこない。

北方　僕もね、この間まで『三国志』を書いていて、その間他の出版社の仕事はしなかったんですよ。それが終わったら、原稿依頼がわあーっと来て、あっという間に連載七、八本……。そういう一分一秒を争うような生活の中で贅沢を語らせるとは、いったいどういう企画なんだか（笑）。

浅田　わかりますよ、お気持ちは。結局、一番に贅沢だなって思うのは、まったく自由な時間を獲得したとき、それから、任意の一人になったときですよね。でも、それが意外と難しい。

北方　海外に行ってもすぐに見つかっちゃう。

浅田　不思議なもので、外国にいるとかえって見つかるんだ。自分自身の経験からいって、外国で日本人はすぐ見分けられる。僕たちの場合は「どこかで見た日本人」ってなるから、すごく見つかる確率が高いんです。

北方　ロンドン、パリ、ニューヨークあたりに行くときは、よほど場所を選んだほうがいいですよね。ニューヨークならハーレム……、今ハーレムのほうも安全になっているからね、あそこにひと部屋借りて暮らすとかすればわからない。

浅田　パリではどういうふうに逃げてますか。

北方　僕はね、ちっちゃなホテルに泊まる。いつも泊まるホテルは、ビクトル・ユーゴーって通りにあるんだけど、部屋数にして二十室あるかないかのホテルですよ。

浅田　僕は、ビクトル・ユーゴー記念館のはす向かいにある、やはり小さなホテル。パリは多いですよね、街中のちょっと小洒落《こじゃれ》た旅籠《はたご》風のホテルが。

北方　コンコルドとかプラザ・アテネに泊まったら、日本人だらけ（笑）。

浅田　そういうホテルに泊まる日本人って、やたら話しかけてくるんですよ、「浅田さんですか」って。

北方　それはね、話しかけていいと思っているんですよ。プラザ・アテネに泊まっている同士という感じでね。

浅田　話しかけて、記念写真を一枚なんて始まる。つらいですよね、それは。断りきれないですよ。

北方　あれは断るほうがエネルギーがいるんですよね。ハイハイ、ハイって言ってニコニコ笑ってさ、その瞬間を通り越しちゃったほうが楽なんだよね。僕の性格から言うとそうだから、応じちゃう。

浅田　今まで完全に任意の一人になれた場所ってありますか。

北方　いっぱいあります、それは。例えばシチリアのチェファルとかね。

浅田　知らないな。シチリアならタオルミーナには行ったけど、やっぱり日本人だらけでしたよ。

北方　それは、タオルミーナへ行くからだよ。映画の『ニュー・シネマ・パラダイス』で、トトが女の子と約束してたのに来てくれなくて、岸壁で仰向けになって雨に打たれながら泣いてるシーンがあるんだけど、それを撮ったのがシチリアのチェファル。チェファルとかトラパニとか、ああいうとこへ行ってれば、まず日本人はいない。つまりツアー街道からはずれたところですね。それから、イタリアで言えば、ポジターノ。

浅田　知らないですよ、そんなとこ。どこにあるんですか。

北方　ソレント半島のソレントの裏側ですよ。『太陽がいっぱい』という映画のヨットのシーンがあるでしょう、アラン・ドロンとモーリス・ロネがヨットに乗って行った。あのシーンを撮ったのがたしかポジターノじゃなかったかな。

浅田　ほおう。だれも行きそうもないですね。そういうところで一人になれるのって、やっぱり贅沢ですよね。

北方　任意の一人っていう意味が、本当に一人なのか実は二人かという問題はあるわけですけどね（笑）。

浅田　要するに、僕は任意の一人になれないところを選んで旅をしているようなもんですね。イタリアだと、タオルミーナとパレルモ。それにナポリ、カプリ島、ローマ、ベネチア、フィレンツェ……。

北方　全部だめ。わざわざ、日本人の旅行者に会うために行っているようなもんだ。浅田さんはなぜか、任意の一人になれない場所ばっかり選んで行ってるから、今度イタリアへ行ったら、ポジターノなんか行ってみるといいですよ。

浅田　反省しなければいけないな。

そんな贅沢おもしろいか

北方　男がほんとに贅沢しているのって、あまり人に言えないんですよね。ちょっといや味だし。北方さんは船を持っているから贅沢ですよって言いたそうなやつもいますけどね（笑）、大変ですよ。僕はエンジンのメンテナンスまで全部自分でやっているから、エンジンルームに入ると、油だらけで、暑いし、汗びっしょり。サウナ入ってるようなものですよ。

浅田　それは贅沢な時間でしょう。だって、そのとき、まさか小説のこと考えてないでしょう。

北方　たしかにそうなんだけど、やっぱり苦しいよ。乗っているときだって、時化《しけ》たりしたらもうとんでもない。感覚としてほとんど船が立っちゃったりする。船に慣れないお客さんが乗ってたらパニック起こすんだよ。座り込んで念仏唱えていた編集者もいた（笑）。

浅田　僕はクルーザーのこと、よく分からないんですけど、アラブ首長国連邦のドバイに行ったときに、シェイク・モハメド殿下のハーバーに招かれて、そこで船に乗せてもらったんです。でかいのから小さいのから、びっしり、二十艘《そう》ぐらいあって、どれに乗せてくれるんだろうなと思ったら、いきなり向こうの人が言った言葉が、「どれにしましょうか」（笑）。

アトランダムに、これにしましょうって入ったら、そこにちゃんと召使がいて、お酒や料理もてんこ盛りにぎっしりあって、きれいなおねえさんもいっぱい乗ってたんですね。よく考えてみたら、全部の船にそういう準備がしてあったわけですよ。そういうことらしいんだな、アラブの贅沢というのは。

北方　ロールス・ロイスに乗って、灰皿が一杯になったら車ごと捨てちゃうという話、本当なんだね。そこに行って平身低頭して、一台でもいいからくださいと言いたいよ。

浅田　アラブへ行ったときは、ちょっと世界観変わった気がしましたね。

北方　僕の友人のものすごい大金持ちっていうのはさ、モナコのマリーナ・ワイキキの会員だったわけ。モナコ・グランプリのときは、一万ドルぐらい払うと、コースの近くに係留できるんだよね。それで後ろのデッキに椅子を置いて、レースを見ている。

浅田　それも贅沢ですね。

北方　贅沢だなと思うけど、その人は、お金をどうやって遣っていいかわからなかったんだと思うな。モナコ・グランプリというのは、何時間かで終わっちゃうわけだよ。そのために、その日だけの係留権を獲得して、周りにグラマーの金髪のおねえちゃん三人ぐらい置いといて、ドンペリのゴールドかなんかいっぱい冷やしといて、レース見て、それでおもしろいか。

浅田　うーん。

北方　おもしろくもなんともないですよ。僕が最初にモナコ・グランプリ見たのは十五年ぐらい前だけど、その頃はまだクレデンシャル（資格証明）によってはガードレールまで行けて、顎《あご》のっけて見られたんですよ。今だったら危ないからだめですけど。ウワーッと来て、一番ふくらむところだから手を出したら届くんじゃないか、ぶつかったら俺は死ぬなというところを車が通過していく。ちょうどシフトするところだから、オイルが飛んでくるんだ。白い服を着ていると、オイルだらけになるわけ。カッコいいやと思ってね、そういうものがむしろ贅沢だったね。

その後ろにオテル・ド・パリがあるわけ。オテル・ド・パリは、モナコ・グランプリの時期になると、二週間まとめて取らないと部屋を取れないのね。一日だけというのはあり得ない。ふっと目をやると、バスローブ着たいい女がじーっとレースを見てたりするんです、煙草吸いながら。そうして、しばらくすると、バタンと窓が閉まっちゃうんだよ。

浅田　見ない贅沢。そういう方面の贅沢を言えば、上限ないですね。

思考停止でお買物

北方　作家になってお金が入り始めた頃には、ああ、贅沢しちゃったなって思ったことが何回かありましたね。僕はずっと肉体労働してましたから、本が増刷になって何もしていないのに金が入ってくるという経験をしたときに、これはすごいことだと思った。それまでスーツなんか持ってなくて、いつもジーンズにジャンパーで歩いていたんだけど、本が売れるようになってはじめて、ブルックス・ブラザーズに行って思い切ってブレザーを買ったんですよ。買った後、ホテルの部屋に帰って、おれ、贅沢しちゃった。どうしよう、これから先、食っていけるんだろうかとかいろいろ考えたけどね。

浅田　おいくらだったか覚えてますか。

北方　二、三万じゃなかったかな。四、五万かな。

浅田　怖い感じがするときありますね、そんなときって。こんなことしていいんだろうか、悪いことしてるんじゃないだろうかって。僕もしょっちゅうでしたよ。

北方　世間一般に考える贅沢なこと、要するに金銭的なことで言うと、どんな経験がありますか。

浅田　金銭的な贅沢？　僕は買物が好きなもんだから、町一番のお店に行って、バアーッて出すもの全部出させてみて、それ、タッタタッタ、タッタタッタって、思考停止状態で買うというのが一番の贅沢ですね。帰ってきて見てみると、同じものが三着ぐらい入ってたりするの。

北方　思考停止だと、贅沢っていう認識もないんじゃないですか（笑）。

浅田　このあいだもパリのエルメスで爆発して、家に帰ってきて見たら、同じカシミヤのコートが二枚入ってるんです。なんで二枚なのって考えたら、サイズがワンサイズ違うのを試着して、並べておいといたのを、最後にオールって言っちゃったわけだ（笑）。

北方　全部くれと言ったわけですね。これはやっぱり贅沢なのかな。僕ならいちいちケチをつけるな。世界に一着しかない服を着たいんだから、ここ直せとかあそこやれとか言って。

浅田　しかし着るものだったら金額は結局知れてるじゃないですか。このあいだ僕、ニューヨークのトーノという、たぶん世界一でかい時計屋へ入っちゃって、時計をだあーっと並べられたときは、やっぱり思考停止状態になっちゃって、ちょっと自分で自分が怖くなった。いい時計って、一千万円台の世界ですから。

北方　一番高いのっていくらぐらいするの。三千万ぐらい？

浅田　三千万のだってありますね。時計って、いいのを見れば、明らかにいいんですよ。スーツだったら、五十万のスーツと七十万のスーツを見比べて、必ずしも高いほうがいいとは限らないけど。

北方　そうそう。

浅田　僕は男が身につけるものと言ったら時計だと思うから、いい時計を見ると、欲しいなあと思うんですよ。やばいなあ、とも思います、マンション買えるじゃないかって。でも、欲しいと思うのはどうしようもない。そのときは、同行していた編集者がクック、クック後ろで背広を引っ張るもんだから、僕もちょっと考えてね、一回外へ出ましたよ。それでお茶飲んで……。

北方 水が入ったな（笑）。

浅田 お茶飲んで、ちょっと冷ましてから、また入ったんです。結局、ブレゲ買っちゃいましたよ。大した金額じゃないですが。

北方 えっ、ブレゲ買ったの。いくらだったの。一千万は出たの。

浅田 いや、大した金額じゃない（笑）。今つけている、これです。

北方 いいのしてるなと思ったもの。

僕がニューヨークに行き始めた頃に、この街ででかい顔するのにどうすりゃいいんだと思ったわけ。結局、金遣えばいいんだと思って、金遣ってみることにした。で、レストランに行くことにして、行列ができているレストランを観察していたら、ストレッチのリムジンがすーっと来る。すると誰かが飛んできて、ドアを開けてくれる。タキシード着てるやつが降りてきて、入口に立っている人の手に何か渡して、行列を尻目にすっと中へ入っていくわけ。それで、僕も真似をしてタキシード着て、白い絹のマフラー巻いて、リムジンを呼んで行ったの。

ストレッチのリムジンの後ろに座って、葉巻くわえて行ったんです。ドア開けてくれるまで待って、開けてくれた黒人に十ドル、ぱっと渡す。そうすると、渡しているのを入口で整理してるやつがちゃんと見ているんですよ。そいつには百ドル渡したの。そういうときは、遣わなきゃ。要するにはったりかましてるんだから。そうしたら、行列なんかすっ飛ばして、一番いい席を用意してくれて。ただ、席に着いてから注文の仕方がよく分からなくて、フルコースくれって言った覚えがある（笑）。

浅田　確かに北方さんの言うとおり、ニューヨークってすごく分かりやすい。だから僕も、ニューヨークに行くときは、必ずタキシード持っていく。なるほどと思った。なりをまずきちんとして、それでお金を相応に使うと、すごく大切にしてくれるというのはあるの。だからストレッチのリムジンで、タキシードでレストランにつけて、すっと降りていくと、ぜんぜん応対が違う。これがヨーロッパだと、意外と……。

北方　バカにしたりするんだね。

浅田　ええ。また日本人がっていう視線があるんだけど、アメリカ人はもともとそういう意味での偏見はなくて、強い者勝ちだから。お金持ちは単純に偉い。だからお金を遣うのはひとつのアメリカを楽しむこつである。そういう意味で贅沢を堪能させてくれる国ではあるでしょうね。

北方　逆に言うと、金のない惨めさもいやというぐらい味わわせてくれる国でもあるんだけれどね。

値段じゃなくて、伝統

浅田　そう言えば、このあいだニューヨークのプラザ・ホテルに日の丸揚げました、ついに。あそこは、一番金遣った人の国旗を揚げてくれるんですよ。

北方　どのぐらい遣ったんですか。

浅田　本当は僕が遣ったわけじゃないのでよくわからない。モントリオールの国際映画祭に行った流れでそのままプラザに泊まったんです（編集部註・映画『鉄道員《ぽっぽや》』が同映画祭で主演男優賞を獲得）。人数が多かったから、ばあーっとフロアを借りたんですよ。そうしたら、日の丸。おおー、やったと思いましたよ。

北方　プラザはときどき、日の丸が揚がってますけど、自分で揚げたというのがいいね。

浅田　たいがい多いのが、サウジアラビアとかアラブ首長国連邦とか、産油国の旗ですよね。

北方　地面から金が湧いてくるようなもんだからね。

浅田　僕は、よくプラザに泊まるんですけど、なぜかあんまり贅沢した気になれない。何か空虚な感じがしますね。

北方　プラザなんか泊まったらだめよ。ルームサービスを運んでくるやつからして、日本人だからチップいっぱいくれるに違いないという顔しているでしょう。

ニューヨークに行ったときに、泊まるホテルというのを決めておけばいいんですよ。ニューヨークのマジソンの六十八丁目に、ウエストペリーっていう、フランス系のホテルがあるんですよ。非常にいい部屋なんだけど、日本人は一人もいない。ツアーは絶対に受け付けないから。値段はだいたいサンモリッツより高い、プラザよりは少し安い、それぐらいなんですよ。だけど部屋はきちんとしている。で、こぢんまりしている。定住者が多い。そういう宿をとっていれば、ニューヨークのやつらだってばかにしないですよ。

浅田　ホテルというのは値段じゃないですね。そうじゃなくて、伝統。

僕はこれは贅沢なホテルだなと思ったのが、一軒あります。ロンドンのドチェスターというホテル。すごく古いけど、たまたま僕が窓のところにいたときに、ワアワアって下が騒いでいるんです。一瞬あせったわけよ、まさか俺じゃないだろうと思って（笑）。真相は、上の部屋にマイケル・ジャクソンが泊まっていたの。そのホテルはガードがすごくよくて、外の人はぜんぜん入れない。ホテルのドアマンが二十四時間立ってて、客の顔を全部覚えてて、来たら開けてくれるというぐらいガードが固いんです。ルームサービスも、電話してルームサービスを頼むんじゃなくて、ボタンを押すと、燕尾服《えんびふく》着たそのお部屋のバトラー（執事）が、どこからともなくこうやって（胸に手をあてて）出てきて、「メイ・アイ・ヘルプ・ユー・サー？」って訊いてくる。それで初めてものを頼むというスタイルだから、あれは贅沢したような気持ちになりました。決して高くはないです。つまりお金ではないというのはある。

北方　なるほど。僕は昔ニューヨークでサンモリッツという古いホテルに泊まっていたんですよ。そこは当時で一泊百五十ドルぐらいして、僕にしちゃとっても高いホテルだったんです。もう十五年ぐらい前かな。泊まってて、前の通りでセントラルパークを見下ろしながら葉巻を吸っていたわけ。そうしたら、つかつかと初老の紳士が寄ってきて、もしかすると、あなたが今吸ってるのはハバナ産かって訊いたわけね。そうだ、モンテ・クリストというやつだって言ったら、いや、とても懐かしい。アメリカではハバナ産はだめなんですよ。禁輸品だから。いやあ、懐かしいって言うから、お好きなんですかって訊いたら、イタリア系らしくてダ・モリーレって言ったんだよ。死ぬほどっていう意味。じゃあ、僕が持っている分だけだけど、あなたにあげましょうって言って、もう二十本ぐらいしか残ってなかったから、箱ごと持ってきて、あげたの。好きなもん同士だから、まあいいやと思って。部屋番号教えてくれと言われて、もしかしたら花ぐらい届くかもしれないと思って、部屋番号教えたのね。

翌日、マヌカードって、アメリカで買える最高の葉巻が、五箱届いた。

浅田　それはいい話だなあ。

好きなことを自由に書かせてくれたら

浅田　僕たちは本が好きで作家になったはずなのに、少し逆説めきますが、作家になって本を読む楽しみを奪われたような気がします。とにかく忙しくて、時間がない。本を読むのだって、資料ではなくて漫然と本を読む時間が欲しい。それが僕にとってはすごい贅沢なんです。

北方　たいてい何か目的があって読みますからね。僕は意識して時間をとって、たいてい翻訳小説を読むんです。昔は十冊読んで、一冊おもしろいのを見つけたら、やったあと思ったわけ。今、二冊読んで一冊つまらなかったら猛烈に腹が立つんだよね、書評家は何をしているって。

浅田　本当に頭にきますよね。それから、作家になって、本屋に行けなくなったというのも困る。まったくの一読者であったときというのは、本屋を歩くというのはまことに豊饒《ほうじょう》な時間だったのに。神田の古本屋街でコーヒーを一杯飲んで、さあ、どこから本屋を回ろうかって考えながらあてもなく彷徨《さまよ》った、あれは本当に優雅な時間なんですよね。

浅田　本屋に行けないね、今は。

北方　本屋の中って一番見つかる確率が高いわけですから。それにサイン会をやった店なんかだと、入った途端に店長が来て応接間に連れて行かれたりする。俺はそのために来たんじゃないんだって。

北方　相手が本屋だからいいかげんにしろって言えないんだよね。

作家の贅沢といえば、野間宏さんと一度お会いしたときに、僕は作家としてすごく贅沢したとおっしゃるから、何ですかって訊いたの。すると、『青年の環』というのを書いた。あれは本当は一冊で終わる予定だったんだって。ところが、作家として終わらせる力がなくなったんで書き続けてたんだっておっしゃるんですよ。書き続けることができても終わらせられない。『青年の環』って全体小説と言われるくらい、こんなに分厚いじゃない。それをずっと書き続けさせてもらったので、あんな贅沢はなかったたって。

浅田　ほおー。なるほど。仕事の上で、僕なんか、北方さんみたいにまだぜんぜん我儘《わがまま》を言えない立場だから。

北方　我儘言いませんよ、僕だって（笑）。

浅田　まあ、畢竟《ひっきょう》、自由に、なんの束縛もされずに、好きな小説を書かしてくれるというのが、これは作家にとって最高の贅沢ですよね。

いつも連載に追いまくられて、連載のための仕事しているでしょう。ふっとときどきね、ずっと棚上げになっている書き下ろしの表題と頭だけ書いてみるんです。そんなとき、すごい贅沢を感じますね。ああ、これは締切りがないって。

北方　ギッシングの『ヘンリー・ライクロフトの私記』という小説があるんですよ。ずっと貧乏な生活をしていた小説家に、あるとき、わずかな遺産が転がり込んでくるんです。で、居心地のいいちっちゃな、丘の上の家を買う。暖炉があって、生活の面倒を見る少女が通ってきて、食事から何から、ちゃんとしてくれる。夕食にはワインがあるし、好きな本はいっぱい持ってきて、読みたい時間に読める。朝起きると散歩をして、帰ってきたら本を読み、夕方の僅かな時間、少し書いて、少女が来て食事を作ったら、それを食べて、夜はお酒を少し飲んで……連綿とそれを書いているんです。

僕はそれ、いいなあと思った。これはギッシングが自分のことを書いたんだろうと思ったんです。ところがね、これは願望だったの、ギッシングの。だからこそやたら切迫しているんですよね。それだけ静かな生活しているのに、日々に緊張感があって、読めちゃうんです。

浅田　結局、ぜんぜん認められなかったんですか。

北方　ええ。後で調べたら、野垂れ死になんだよ。長い患《わずら》いの果てに、ほんとに路傍で死ぬような死に方で死んじゃってるんですよね。

浅田　そういう願望というのは時代と関係なく、いつでも作家の中にあるんでしょうね。

究極の贅沢

北方　僕は、本当に贅沢だと思っていることがひとつだけあって、でも度胸がなくてできない。つまり、命を棒に振ること。命を棒に振るっていうのをやってみたいな、一回だけ。

浅田　これは一回だけの贅沢だ。

北方　これまで何回か死にかけたことがあるんですよ。それは死んでしまえば、命を棒に振ったじゃないかって言われるような死に方だった。例えばラリーで車、五回転してさ、このときは、ああ、もうこれは死ぬなと思った。ゴーンとぶつかってあそこで死んでりゃ、そりゃあいつは命を棒に振ったって言われるだろうけど。やっぱりね、命を棒に振るような状況になったときっていうのは、同時に人間ってものすごく充実している状況だと思うんですよね。そこで死んだらもう悔いはないだろうな、と思うんだけど、本当の本当のところで怖いんだよね。おっかなくてできないんだよ。

浅田　僕も命を棒に振りそうになった経験は何度かあるんですけど。ただ、今、ずっと話してて思い出すのは、僕が自衛隊にいた頃、演習に行って何日も山の中に入ってて、食う物も食えず、寝るにも寝られず、泥まみれになっていく。ああいうときって、ひとかけらのパンとか、乾いた寝袋とか、つまらないものがすごい贅沢なんですよ。つまり、自分が貧しい状態のときというのは、贅沢ってすごく明確に分かるじゃない。ところが、自分が持てるものになればなるほど、自分の中から失われていくものがある。パリのベルサイユ宮殿や北京の頤和園《いわえん》なんかを見ると、驚嘆と同時に一種の虚しさを感じるじゃないですか。贅沢というのは、成功すればするほど、実は求められなくなるんじゃないかという気がする。

北方　浅田さんの乾いた寝袋という言葉、それが言えるというのは、やっぱり豊かな暮らしをしてきたんだと思うな。僕はそういうのが男の贅沢だと思う。金遣ってものすごい豪華なこととかなんとかじゃなくて、乾いた寝袋を贅沢だな、と思えるような状況に自分を置いた経験があるかないかだろうと思いますよ。

浅田　必ずしも金銭的に贅沢させれば、その人満足かって言うと、きりがないだけなんですよ。

北方　だからさ、浅田さんが絶対に行きたいと言ったとこに連れていくわけですよ。それも雨がざんざん降りのときに。傘もなくてびしょ濡れになるわけよ。それで、行った先に、乾いた寝袋を用意しておく。そうしたら、うわあーっていう感じになるよ。少々金遣ったたってそんな感じにならないでしょう。小屋でいいんだよ、小屋でいい。やっと雨がしのげるものが一軒。火がパチパチ、パチと熾きて。浅田先生、ここで三時間、時間があります。三時間眠ってください。贅沢な時間だよ、その三時間は。

浅田　そうすると、心から「ありがとう」の言葉が出る。今まで、どんなときにも出たことのない言葉が。スイートを用意してくれても、ただ比較するだけっていうのかな、このあいだのところのほうがよかったとしか思わないでしょう。

北方　やっぱり金はある人が遣ってくれればいいと思う。命を棒に振ったり、乾いた寝袋を求めたり、俺たちが贅沢を語ると、そういうような語り方に、結論はならざるを得ないでしょう。

掲載　「小説新潮」　一九九九年十二月号

戦争小説の照準　起床↓洗面↓仕事　迅速果敢に書くべし！

古処誠二

こどころ　せいじ
一九七〇年生まれ。作家。
著書に『ルール』『ニンジアンエ』など。

戦争物に取り組む姿勢

浅田　今回の作品『ルール』を読みました。おもしろかった。僕が感心したのは、戦争と真っ正面から取り組んだ小説ということです。戦後世代が書いたそういう小説って、あるようでないんです。

　戦記シミュレーション小説というのはありますが、あれは戦争というものを全く過去のものとして置いてしまうもので、真剣に向き合ってはいないんですね。その点で古処さんには、とても好感を持ちました。

古処　いつかはあの戦争を材にしたものを書きたいとは思っていたんですが、資料調べの手間とかもありまして、今回やっと形になったという感じです。

浅田　でも、資料をよく読み込んでいます。資料っていうのは資料の落とし穴というのがあって、資料そのものがおもしろくなっちゃうことがあるんです。そうなると、書くことを忘れて小説が説明になるんですね。

　読み込んで自分のものにする。つまり、資料を自分の疑似体験にするというのはものすごく大切なことで、広い意味で歴史を書こうと思ったときには、忘れてはいけないことです。

『ルール』を読んで感心したのは、古処さんは資料を咀嚼《そしゃく》できているんですね。

古処　ありがとうございます。今、福岡の久留米に住んでいるんですが、アパートの大家さんがたまたま旧陸軍の将校だったんです。その方にお話を聞いたというのが、いいきっかけになったと思います。

浅田　ああ、それはラッキーですよ。

古処「前は何をしていた」と聞かれ、「自衛隊にいました」と答えたところ、ご自身の体験談を語ってくださったんです。

浅田　自衛隊出身というのは大きいと思うんだ、実はね。これは僕の持論なんですが、軍隊というのはナポレオンやクラウゼヴィッツの時代に組織的には完成しているんです。

そういうことを考えると、僕らも「軍」を体験したわけです、やはり。実際に戦場には行ってなくても、実弾を撃った、演習に出た、危機感の中にあったという体験。これは戦争物を書く、とても大事な主観だと思います。

「小説すばる」三月号から、戦争を題材にした浅田次郎氏の連作短編がスタートした。第一話の「金鵄のもとに」では、玉砕の島、ブーゲンビルから奇跡の帰還を果たしたひとりの男の戦後が描かれた。

古処誠二氏の『ルール』で描かれる戦場は、武器、弾薬、食料の輸送も途絶えたフィリピン戦線での飢餓と狂気の地獄である。

浅田　ふたりの小説、ちょっとかぶっちゃってるんですね（笑）。
古処　戦場がたまたま似たような状況のところになってしまいましたね（笑）。
浅田　人肉食という極限の戦場を書こうと思ったら、場所は限定されるんですね。東部ニューギニアかソロモン海域の島、フィリピンのルソンとインパール。これらが帝国陸軍最悪の戦場だから、書くなら早い者勝ちです（笑）。
古処　その最悪の戦場、ガダルカナルとインパールの両方を体験した部隊があるんです。それをいつか書きたいと実はボンヤリ考えています。福岡の百二十四連隊ですが、地元ですし、戦記を読むたびに胸にくるものがあります。
浅田　旧軍の偉かった人から聞いた話によると、負け戦を体験した部隊はさらにひどい戦場に行かせるという用兵が行われたといいます。
古処　それは内地に負け戦を知られないために？
浅田　そう。すごい話ですよ。もしそれが事実なら、帝国陸軍がどういうものだったのかが、すごくよくわかる。

これがアメリカ軍だったら、きつい戦場から帰ってきたやつは、もうそれだけで英雄ですよ。日本は違うんです、これが。
古処　つらい話ですよね……。
浅田　まあ、日本らしいといえば日本らしい。
古処　ところで、浅田さんの「金鵄のもとに」を読ませていただいて、主人公が最後には故郷に帰れることを期待したのですが、違うんでしょうか？
浅田　うん、帰れない。かわいそうに（笑）。連作といっても、あの主人公が次も出てくるわけじゃないんです。毎回、主人公も長さも違うものになると思います。
古処　次はいつのご予定ですか？
浅田　六月号になると思います。しかし、それにしても戦争物は疲れる。自分がすごく神経質になるのがわかるんです。
これはこれでいいんだろうか、この言い回しでいいんだろうか。そんなことを考えると、台詞ひとつに頭を悩ませます。
古処　最近は戦争物はお書きになっていませんでした？
浅田　『日輪の遺産』以来だから、随分と久しぶりです。
もともと、戦争物を書くのは自分の使命だと思ってはいたんです。だから、『日輪の遺産』

を書いたのは、いつ死んでもいいようにって感じかな。『地下鉄に乗って』にも少しは出てくるけれど。

古処　その二作、たまらなく好きです。特に『日輪の遺産』のラストは、読んだあとしばらくは呆然としていました。あそこまでプロットを作って書かれたというのが、私には信じられません（笑）。

浅田氏の『日輪の遺産』は、平成五年に青樹社から刊行された。氏の言葉によれば「六〇〇〇部ぽっきり」であった。しかし、〈「悲愴」を聴きながら――あとがきにかえて〉と題された巻末は次の文章で締めくくられている。

「帰るみちみち、どうしようもない終わり方ねと、娘も嘆いた。第三楽章の勇壮なマーチとスケルツォに、ダグラス・マッカーサーの雄々しいイメージを描いていた私が、どうしようもない終わり方を思いついたのはそのときであった。十三歳の少女の横顔とともに、物語の構造は完成された」。

ここには、作家としての若き日の自負と悲壮が込められているように思える。

浅田　今だから裏話をすると、『地下鉄に乗って』というのは、『日輪の遺産』の副産物なんですよ、実は。
古処　とおっしゃいますと？
浅田　小説の中で、真柴という元少佐が下町の病院に梅津元参謀総長を見舞いに行くシーンがありますが、終戦直後だから地下鉄しか走っていません。そのときの彼の、地下鉄が走っている、日本は生きている、という感動を三十枚くらい書いてみて、ちょっと待てよ、ここではずして別の小説にと考えて膨らませたのが『地下鉄に乗って』なんです。『日輪の遺産』が生み出した子供ですね。
古処　そうなんですか。私は、あの話のきっかけを都会に求めるとしたら地下鉄がベストだったからだと思ってました。すると、親の『日輪の遺産』の方がやはり大変だったんでしょうか。
浅田　調べものはきつかった。他に仕事もってるから忙しい。取材するのも全部自前。編集者もいない。いきなり出版社に原稿持ち込んで、本にしてもらったわけだから。それでも、調べものに二カ月、執筆に五カ月くらいで仕上げたと思いますよ。

自衛隊のもつ言葉のワイセツ感

浅田　ところで、せっかくだから最近の自衛隊のことを聞かせてくださいよ。今はかなり自由でしょう。

古処　かなり自由です。外出にしても、浅田さんの頃は公用外出と特別外出と普通外出とがあったと思いますが、今は公用と普通しかありません。外出したら、泊まってきていいんです。

浅田　朝帰ってくればいいんだ。朝礼に間に合えばいいんだ。

古処　そうなんです。

浅田　それって、軍隊じゃないな（笑）。

古処　ええ（笑）。私が自衛隊に入って五年くらいでそうなりました。

浅田　営内はからっぽだ。

古処　残るのは必要最小限の人員だけです。待機と当直ですね。

浅田　あと、不寝番がなくなったって？　それを聞いたときはショックだったなあ……。あんなに辛い勤務はなかった。しかし作家というのも、ブレイクする前後というのは寝ちゃあいけない。毎日が不寝番（笑）。

古処　そういう意味では、自衛隊というのは何か必要な資質を養うにはベストなのかもしれませんね。

浅田　ベストです。別に小説家にならずとも、どこの社会にいっても自衛隊経験というのはかなり有効。寝覚め、いいでしょう？　パッと起きたら、すぐに何かができるでしょう？

古処　起きて、洗面と歯磨きをし、コーヒーを一杯いれたらすぐに仕事を始めます。

浅田　出来るでしょう。もう立派な自衛隊系（笑）。

　浅田氏と古処氏は共に高校卒業後、自衛隊に入るが、その体験にはかなりの違いがある。浅田氏が陸上自衛隊に入隊し、市ヶ谷駐屯地にいたのは二年。古処氏は航空自衛隊に入り、御前崎の基地で警戒管制員として約七年間勤務していた。しかし、内部にいた者だからこそ感じる言葉の「ワイセツ感」については、日本語を大切にする同じ作家として、意見を同じくする。

浅田　憲法がある以上、自衛隊は軍隊ではないという妙なこじつけがあって、旧軍で使っていた用語はなるべく使わないという……ワイセツな感じがするんです。

古処　昔の少尉、中尉、大尉を三尉、二尉、一尉と呼ぶとかですね。

浅田　本当、涙ぐましいんだけど、自衛隊が支援部隊として海外に出ていくと、一佐は陸軍だとカーネル、海軍だとキャプテン、いずれにしても大佐ですからね。

あとは「軍」「兵」「戦」という言葉を使わなかった。戦車が特車、戦闘服が作業服、砲兵が特科、歩兵が普通科。これはどうしようもない。なんだか弱っちい感じ。

古処　在職中は何かとてもむなしい思いを何度もしました。言葉や名称にムードを変える力があるのは確かですよね。

浅田　しかし、既成事実というのは恐ろしいものですよ。帝国陸軍には七十年の歴史があるけれど、自衛隊にも六十年近い歴史があるんですよ。そしておもしろいことに、帝国陸軍の七十年は戦いっぱなしに戦い、自衛隊は全く戦わない。むろんそのことは誇り高いことだと思います。

古処　誤解をおそれずに言えば、戦わないことの方が大変な面もあるし、それが理想のはずなんですけど、その部分が何かとバカにされるという……。

浅田　おもしろい国ですよ、そう考えると。

才能に汗をかかせる才能

浅田　古処さんのデビュー作は『UNKNOWN《アンノウン》』でしたよね。いつだっけ？

古処　二年前です。デビューできなかったら南の島にでも行こうと考えながら書きました。

浅田　最初に小説書こうと思った動機は何？

古処　自衛隊をやめる直前に宮部みゆきさんの短篇を読んだことです。「あっ、おもしろい」と思って。小説に目覚めました。

浅田さんは『地下鉄に乗って』で吉川英治文学新人賞をおとりになったのが、やはり大きな転機ですか？

浅田　実質的にはそうかもしれないけど、『日輪の遺産』を出したあと、編集者がくるようにはなっていました。僕のデビューまでの話は長いぞー（笑）。なにしろ、中学のときに「小説ジュニア」に投稿してたから。

古処　そんなに早くからですか。

浅田　高校二年ぐらいからは出版社をまわって、「原稿読んでください。お願いします」って、持ち込みやってましたから。僕らの世代、そうやって小説家になった人間が多いんです。北方謙三さんなんかも、高校生の頃、出版社の廊下に並んでたと言ってましたしね。

浅田氏のデビューは十一年前の『とられてたまるか！』だが、高校生の頃の思い出を、二〇〇二年二月に刊行した『待つ女』（朝日新聞社）の中で次のように書いている。

「三十年も昔のことで正確な日時は記憶にないが（中略）。

そのころ私は、新人賞に応募するかたわら、神田駿河台下のある出版社に、足繁く原稿を持ちこんでいた。自分はいずれ小説家になるのだと信じ、ほかの未来は何も考えていなかった」。

古処　やはり、作家の肥やしみたいなことでいうと、いろんなジャンルの本を読んだほうがいいんでしょうか。

浅田　いいもの、名作といわれるものがいいな。とにかく、本を読むスピードというのも小説家の能力のひとつだと思う。僕もそんなに速いほうじゃないけど、ただ本は読む。どんなに忙しくても、一日一冊は読みますよ。それと、デビューした後からはものすごく原稿を書いた。

昔、作家の井上靖さんが「小説家はデビューして二年が勝負だ」と書いていらして、僕はその文章を若い時分に読んでしまったものだから、トラウマになったの。だから本当に原稿は書いた。

古処　私は、一本書いてはしばらく休むという生活です（笑）。書き急いで失敗するのが恐いんだと思います。

浅田　仮にものにならなくても、一生懸命書いたものは無駄にはならない。僕は二十代の頃に書いた小説が柳行李の中にいっぱい入ってる。

実は、『壬生義士伝』は僕が二十八のときに一回書き上げているんです。三百枚で。ある出版社に持ち込んだら、ボツになったけど、柳行李の中にしまってたんです。『天切り松』だって、三話くらいまでは『とられてたまるか!』よりも前に書いていましたしね。
古処　駆け出しゆえの耐性のなさか、私はとにかくボツがショックでして。
浅田　いや、大丈夫。とにかく、数書くこと。いくらボツ食らっても、ひるまずに何度でも突撃することです(笑)。
古処　幸い失敗したからといって、命を取られる仕事ではないですし(笑)。今回、『ルール』をこれだけプッシュしていただいてますし、あまりサボッてばかりではいけないなと思ってはいるんですが。
浅田　戦争物にばかり固執せず、私小説っぽいものを書いてみるとか、自分の身の回りのことを書いてみるとか、いろんな形のものを書いていくのが必要だと思う。
人が才能だの何だのっていうけど、僕は才能なんてものは、小説家にとってそれほどの意味はないと思う。本当の小説家の才能というのは、自分が持ってる才能に汗をかかせることができるかどうかという才能です。
古処　久留米に帰ったら、肝に銘じてやっていきます。

掲載　「小説すばる」　二〇〇二年五月号

馬主はやめられない

草野　仁

くさの　ひとし
一九四四年生まれ。ＴＶキャスター。
著書に『たかが競馬されど競馬』『信頼は、つくれる』など。

草野　いつも東京競馬場の馬主席でお見かけして、そのたびにご挨拶しようかと思っているんですが、なかなかお声をかけられないで。
浅田　とんでもない、こちらこそ。競馬場ってけっこう忙しいですものね。
草野　そう。パドック見て、返し馬見て、馬券を買って、レースを見て……。
浅田　変に競馬場で声かけられると頭にくることがありますからね。特に馬券の締切り直前に、「その節はどうも」なんて話しかけられると……。
草野　それ、ありますよね（笑）。
浅田　今日は僕はちょっとバツが悪いんです。というのも僕の馬はまだ一勝も挙げたことがないのに、草野さんがお持ちのメイクマイデイ（牡四歳）は昨年の菊花賞に堂々出走して六着に健闘している。クラシックレース出走という馬主の夢をすでに実現してるんですね（笑）。
草野　あれは三人で持っているんです。その前の二頭は全くだめでしたし。
浅田　馬主はいつ頃からなさっているんですか。
草野　ＮＨＫのアナウンサー時代の昭和五十年、テレビで菊花賞の実況を担当したのが競馬と深く関わるきっかけになったんです。その後フリーになって、一口馬主から始めまして、馬主資格をとったのは今から五年ほど前です。

浅田　私もはじめは一口馬主でした。どんな馬でしたか？

草野　一頭目はカッティングエッジといいまして、いきなり三連勝したんです。次がカルチエラタンという馬で、通算二勝でしたが、大変丈夫な馬でした。その後はパッとしなかったんですが、平成八年にダービー二着、菊花賞一着になったダンスインザダークを四十分の一持っていまして……。

浅田　エッ、あの菊花賞馬を⁉　大儲けだったでしょう。

草野　引退後種牡馬になりましたので、種付け料の中から一人百八十万円を五年間さしあげますということで、経済的にはすごく効率のいい馬でした。

浅田　僕が一口持っていたのはロードミダスという馬だったんですけど、デビュー戦が二着で、これは次回は楽勝だと思っていたら、未勝利のまま終わっちゃった。そんなに甘くないなと思い知りました。

名前を付けるのも難しい

草野　フル・オーナーになった最初の馬は、私が司会をしている「世界ふしぎ発見！」というテレビ番組にちなんで、ミステリーハンターという名前を付けました。二頭目は妻の名前が恵美子というのですが、エミーズドリームという名にしました。ただこの二頭は一勝もできなかったですね。
浅田　馬主にとって自分の馬に命名するのは喜びであり苦しみでもありますね。僕は三頭持ってるんですけど、現役のバンデットジョー（牡三歳）は自分の『オー・マイ・ガアッ！』という小説の登場人物から、これからデビューするキャプテンハリー（牡二歳）は「薔薇盗人」の中に出てくる薔薇の名前から取ったんです。どれもなかなか決められなくて。
草野　いい名前を思いついたと思うと、「その名前はもうあります」と言われることがけっこうあるんですよね。
浅田　僕もラスベガスのカジノにあるすごく配当の大きな機械の名前から、メガバックスという名前を思いついたんだけど、もういるんだね。それもすごく強い馬が。だからといっていつまでも名前がなくて「シバロード（母馬の名）の一九九八（年産）」なんて呼ばれていると可哀想でね（笑）。
草野　ミステリーハンターなんですが、調教師の話では、動きが良くて出走すれば勝てるかも、ということだったんです。ところが、ある日馬房内で暴れて、顔面を強打して片目の視力を失ってしまって、競馬会のルールで、残念ながらデビューできなかったんです。
浅田　一度も走れなかった。それは残念でしたね。

草野　二頭目のエミーズドリームは、精神的に弱いところがあって、調教のために厩舎に入れると飼い葉を食べなくなってしまって、近くの牧場に預けると元気になる（笑）。その繰り返しで、彼女も一勝もできずにターフを去りました。

浅田　メイクマイデイの成功の前にご苦労があったんですね。

草野　メイクマイデイは公営の川崎競馬でデビューして、六戦目に中央競馬に上がる資格の取れるレースで初勝利を挙げました。なかなか前に行きたがらない変な馬で、川崎の山崎尋美調教師も、この馬は芝のレースの方が向いているというので、中央競馬の勢司《せいし》和浩厩舎に転厩したんです。勢司調教師はまだ開業三年目なんですが、スマイルトゥモローで今年のオークスを勝つなど優秀な方です。それで去年の四月に東京競馬場の芝二千メートルのレースに出たら、鞍上の柴田善臣騎手がポンと先行させて、勝ったんですね。

浅田　あのレース、府中で見ていたからよく覚えていますよ。あんまり人気がなくて、僕は別の馬から馬券を買っていたんですけど、「あっ逃げた、やられた！」と思って。それから草野さんが表彰式のために席を飛び出すようにして下りていくのを「いいなー」と思いながら見ていました（笑）。

草野　それはお恥ずかしいところを見られました（笑）。でも本当に嬉しかったですね。

いくらの馬を買うか

浅田　僕は競馬は究極的には博打《ばくち》だと思っているから、一口馬主からフル・オーナーになるとき、一体どちらがお金が儲かるか、シミュレーションしてみたんです（笑）。そしたら一口馬主だと所属するクラブにけっこう会費を取られるんですが、入ってくるのはレースの賞金だけ。それがフル・オーナーになると、レース賞金の他に付加賞金もいろいろあって、計算の結果絶対フル・オーナーの方が儲かる、と。

それでアメリカの競馬の祭典・ブリーダーズカップを観戦に行ったとき、小檜山悟調教師と話す機会があったんです。この方も新進気鋭の調教師なんですが、僕と同じ考え方なんです。「浅田さん、損をしない競馬のやり方はあるんですよ」などと、こちらの心をくすぐることを言う（笑）。おっ、この人は僕と経済学が合うと思って、彼に馬を預けることにしたんです。問題は元にいくらかけるかということなんですね。馬の値段は天井知らずだから、一億円する馬だっている。でも高いから走るという保証はない。安くて丈夫そうな馬を選ぶ、という方針でいこう、と。

草野　賞金以外に、特別出走手当とか、距離手当とか、いろいろな手当があることはフル・

オーナーになって知りました。少なくとも馬が元気で走ってくれていれば、ひどく損することはないようになっているんですね。

浅田　僕が持った最初の馬、オープンユアハートの値段は四百五十万円です。人に話すと「競走馬ってこんな値段で買えるの?」と驚くんです。小檜山さんと家内と日高のセリに行って、競り落として来たんですが、売主の希望価格が五百万円とあったから、「四百五十万円で始めて、一千万円まで行ったら降りよう」と調教師とも話して、「ハイ四百五十!」と叫んだんですよ。だけど場内はシーンと静まり返って次の声が掛からない。セリって自分の声しか掛からないとすごく恥ずかしいものなんですね(笑)。それで落札したんですけど、後から「もっと低く始めても良かったかなー」(笑)。

草野　わざわざ北海道まで行くとはすごい熱意ですね。セリはおもしろそうなんですが、残念ながら平日なので、番組があって行けないんです。土日になるべく仕事を入れないようにしているので(笑)、平日は忙しくて。

浅田　オープンユアハートは結局一勝もしないで引退したんですが、特に故障もしないで十二回走って、元は取れているんですよ。中山競馬場でデビューして、これは小檜山厩舎独特の使い方なんですが、地方競馬の高崎や熊本県の荒尾まで元気に遠征してくれた。荒尾でハナ差の三着になったことがあって、あのとき勝たなければいけなかったんですけどね。

草野　でも、十二回出走できたということは大したものですよ。

浅田　「無事是名馬」とはよく言ったものです。それで僕の経済学に「元値が一千万円以下の馬を買って、それが元気に走ってくれれば元は取れる」、という項目が加わったんです（笑）。だいたい月に一回走っていれば、銀行金利よりはましなリターンがあるんですね。あと一つの問題は、いくら馬券を買ってしまうか。実はこちらの方が影響が大きい（笑）。

草野　確かに大問題ですね（笑）。私にフル・オーナーになることを勧めてくれた馬主さんは、どう考えても二千万円くらいが採算分岐点だと言っていました。それ以上の値段の馬はひじょうにリスクが大きい、と。

浅田　メイクマイデイはいくらだったんですか？

草野　七百万円です。

浅田　大儲けじゃないですか！

草野　総取得賞金が五月現在で四千三百万円くらいになりますね。

浅田　菊花賞のときはやっぱり京都まで行かれましたよね。

草野　はい、行きました。メイクマイデイの悩みはジョッキーがレースの度に替わることだったんです。菊花賞のときは、公営の園田競馬（兵庫県）のトップジョッキーの小牧太君が空いていて、彼に頼むことにしました。彼は一生懸命だし技術もあるし、勢司調教師も「自分も船橋競馬の厩務員から中央競馬の調教師になった人間だし、馬も公営の川崎でデビューしたんだから、地方の騎手で菊花賞に挑戦するのもおもしろいじゃないですか」とおっしゃって、そうだなと思いました。六着は大健闘だったと思います。川崎の山崎厩舎の人たちもみんな揃ってテレビを見ていて、「よく頑張った」と拍手してくれたそうです。

浅田　いいお話ですねえ。「競馬は博打だ」なんて言っているのと矛盾しますが、僕もデビュー戦のときは、目が潤んでしょうがなかった。あの気持ちを譬《たと》えていえば、子供の学芸会や入園式を見にいく感覚ですね。胸がいっぱいになって、勝ってほしいなとは思うけど、それよりなにより「とにかく怪我をしないで無事に回ってきてくれ」と思いますね。

草野　それはもう、馬主共通の気持ちですね。私もデビュー戦は川崎まで行ってドキドキして見ていました。三着だったんです。馬券的には二着までに来てくれると良かったんですが(笑)。

浅田　自分の馬の馬券はやっぱり買っちゃいますね。調教師が馬の出来に首をかしげていてもね(笑)。これは人情というやつですな。

草野　客観的に考えれば買うべきでないケースでも、自分の馬が出ていると、買わずにはいられないですよ。

浅田　とりあえず単勝は縁起ものみたいな感じでね。だって可哀想じゃない、馬券が全然売れていなくて、単勝百倍なんてときに、オーナーまでが買わないんじゃ（笑）。

草野　馬主になってから、馬は元気でレースに出走すること自体がものすごく大変なことなんだと分かって、過大な期待をかけないようになりました。たとえ調教がうまく行っても、今は馬の頭数が増え過ぎて、レースに登録しても出られないことも多いですものね。

浅田　いま一番の問題は馬の供給過剰ですね。

草野　馬主の数は最近減っているみたいなんですけどね。

浅田　バブル時にくらべると、一千人以上減っていると言われてますね。いま馬主資格を持っている人は二千五百人と言われていますが、実際に走らせている人はもっと少ないでしょう。

夢は「安い馬でGI制覇」

草野　今の強い馬はみんなサンデーサイレンスやトニービンのような実績のある種牡馬の子に限られてきて、そういう馬は高いから、我々のような底辺にいる馬主には買えなくて、大馬主にいい馬が集中していきますよね。

浅田　大馬主の寡占化ということはあるでしょう。ただ、競馬のおもしろい所は、高い馬だから走るとは限らなくて、安い馬だから走らないとも限らない。我々が買える安い馬でＧⅠレースを次々と制覇することだって不可能ではない。それこそ馬主冥利につきるでしょうね。

草野　平成の競馬ブームの火付け役になったオグリキャップの元の値段は約二百万円というし、史上最高の十八億円を稼いで昨年引退したテイエムオペラオーも元は一千万円くらいですよね。血統的には劣っていても、そういう馬がときどき大活躍するからおもしろい。

浅田　メイクマイデイもそうなる可能性があるんじゃないですか。

草野　いやいや、いま一つピリッとした脚が使えないんですよ。

浅田　ゲーム作家の薗部博之さんが持っている、今年の弥生賞（ＧⅡ）を勝ったバランスオブゲームはフサイチコンコルド産駒なのに八百七十万円だったらしいですね。

草野　その値段は安いですよね。セレクトセールで売れ残っていたのを買ったと新聞で読みました。

浅田　たぶんワケ有りで誰も買わなかった馬なんだと思うんですよ。それを自分の決断で買って、重賞レースを勝つというのは嬉しいだろうなあ。

草野　私は今年は川崎でピープルズチャンプという馬をデビューさせる予定なんですが、これがなんと三百二十万円。果たしてどうなることか（笑）。

浅田　しみじみ思うんですが、僕は三十数年間ずっと競馬をやってきて、最初はゴール板の前のフェンスにしがみついて見ていたんです。それが、スタンドに上がって、指定席で見るようになって、とうとう馬主席で見るようになった。ここより上はないと考えたとき、一種の馬主としての誇りを感じますね。一生懸命生きてきて良かった、真面目に競馬をやってきて良かったって。

草野　そうですね。自分ではあまり努力をして来なかった気もするんですが、今みたいに馬主席でゆったり競馬を見ることができるのは最高の喜びですね。

浅田　三十数年も馬券を買い続けるのは大変なことですよ。長い人でも十年もすると、負け続けていやになるか、お金が続かなくなるかのどちらかです。競馬というのはお客も淘汰されるんです。長くやるには「馬券も努力」なんですよ。

草野　おっしゃる通りですね。馬券を当てるのはどんな超難問クイズを当てるのより難しい。

浅田　僕や草野さんみたいにふだん忙しい仕事をしていると、自分の人生を顧みる余裕ってあまりないんですよ。ところが競馬場に来ると、ありありと自分の足跡が見えてくる。東京競馬場のスタンドは昔と変わってないし、ターフも変わってない。そこには三十年前と同じ風が吹いているんです。人生の中で毎週末に自分の足跡を振り返ることができる場所が持てたのは、競馬をやっていたおかげだと感謝しています。

草野　競馬場に足を踏み入れて、目の前に広がる緑の芝を見ただけで、日頃のストレスから解放される気がします。それで自分の馬が元気に走ったり、自分の推理で馬券が当たったりすれば、もう最高の一日ですね。でも、たとえ負けて打ちひしがれても、一週間後には競馬場にいる（笑）。

浅田　あれは不思議ですね（笑）。なぜわずか一週間で立ち直れるんだろう。

今年の夏はぜひキャプテンハリー号で初勝利を挙げたいです。メジロライアン産駒でちょっと楽しみなんです。

草野　そのときは、ぜひ口取り写真にごいっしょさせてください（笑）。

掲載　「文藝春秋」　二〇〇二年七月号

『椿山課長の七日間』の真実

丸山あかね

まるやま　あかね
一九六三年生まれ。ライター。
著書に『江原啓之への質問状』『耳と文章力』など。

丸山　浅田さんは、いろいろなジャンルの作品をお書きになっていますね。『きんぴか』に代表されるようなピカレスクロマンもあれば、「鉄道員《ぽっぽや》」のような落涙必至の感動作品もあるという具合に。『椿山課長の七日間』は、どちらのジャンルに入るとお考えですか？

浅田　両方のジャンルにわたっていますね。「あらすじを語れ」といわれたら、本当にシリアスな話なんですけれど。

丸山　主人公の椿山課長は、登場するなり死んでしまうんですからね。

浅田　働き盛りの四十六歳の男が女房、子供を残して死んでしまうこと自体がもう悲劇。しかも、あの世とこの世の中継地点で椿山はヤクザ者だった武田、小学生の雄太という二人の死者と出会うのだけれど、三人がそれぞれにシリアスな事情を抱えています。これをまるっきりシリアスに書いたら暗すぎる。だから気楽に気軽に読んでいただけるように心掛けて書いたんです。

丸山　今、「気楽に気軽に」とおっしゃったのですが、新聞小説ということを意識なさってのことですか？

浅田　それもありますね。新聞連載は一回一回がある程度おもしろくないと。最初からずっと読んでくださっている方ばかりではないし、何日か読まない日が続いてまた読むという人もいますから。

丸山　随所に鏤《ちりば》められているユーモアにも深い意味があったんですね。

浅田　部分を切り取って読んでも文章として気持ちよく読んでいただけるということも意識して書きました。大袈裟な表現をするとしたら、詩を読んでもらうような感じで書けばいいと考えたんです。筋はぜんぜんわからなくても、言葉というのは、それを読んでいるだけで気持ちがいいということがあるので。

丸山　なるほど。読んでいて不思議な気持ちがしました。扱っておられるのは「人が死んだら……」という普遍的なテーマなのに、これまでに一度も読んだことのない「浅田ワールド」にすっかり引き込まれていて。

浅田　「浅田節」なんて言われてますけどね（笑）。

丸山　私は笑いと涙のある「浅田節」が好きなんですけれど、ダメですか？

浅田　自分ではまともなことを書いているつもりなんですけど、浪花節にされてしまうんですよ。真実が浪花節とされる社会はおかしい（笑）。

ぽーんと閃きが落ちてくる

丸山　その辺りの笑いと涙のお話は興味深いのですが、まずは『椿山課長の七日間』が書かれた経緯について伺いたいのですが。

浅田　タイトルにある七日間というのは仏教でいうところの初七日なんです。最初は四十九日にしようかと思ったのですが、それでは大長篇になってしまうと思って（笑）。

おふくろが死んだときに「初七日」ってなんなんだろうと考えたんですよ。誰が決めたのか知らないけど、気になりませんか？

丸山　なりますね。

浅田　でも大事なのは、本当に死者が冥土でさまよっているのかどうかということではなく、霊が帰ってきてくれた、そばにいてくれていると信じる気持ちです。霊というものが、もし存在するのだとしたら、大切な人のことはずっと心にかけているんですよ。

丸山　そう思いたいです。

浅田　実は僕は霊魂の存在なんてまったく信じないタイプの人間なんですけれど、医学的にいえば、自分のなかの遺伝子は父親半分、母親半分、確実に織り込まれている。それは自分が行動するたびにいちいち感じますから。自分の体のなかに父と母はいるんだと、いつも考えているのが正しいのではないかと思いますよ。

丸山　物語の展開とか、登場人物のキャラクターというのは、どういうときにお考えになるんですか？

浅田　この小説に限らず、僕はあんまりストーリーを組み立てることはないんです。そうすることもありますが、ストーリーばかりを先追いするとロクな小説にならない。もっと感覚的なことが先にあって。だから小説ができるというのはほんの一瞬のこと。ぽーんと閃《ひらめ》きが落ちてくる感じ。それを受け止めることができれば、小説は九〇パーセントぐらいできている。閃きに肉付けしていくのは職人的な仕事だとでも申しましょうか。ミケランジェロが大理石の塊を前にして「この大理石を彫るのではなくて、この大理石のなかにあるものを自分が彫り出すんだ」と言った感覚に何か共通するものがあるかもしれません。
丸山　『椿山課長の七日間』で、最初に落ちてきた閃きというのは？
浅田　あれは愛犬のパンチ君の散歩をしていたとき。冬場で椿の花がいっぱい咲いていました。それで主人公が「椿山」という名前になっちゃった（笑）。椿の花を見ながら「俺が死んだら」というのがぽーんと落ちてきたんです。厳密にいうと「俺が死んだら」というイメージ。例えば『シックス・センス』という映画には『シックス・センス』という映画を包んでいるイメージがあるでしょう？　そういった作品全体に流れるイメージが落ちてきたんです。
丸山　「俺が死んだら」というのは、潜在的に考えておられたのでしょうか？
浅田　ここ数年、身内の死に立て続けに遭いましてね。父親と母親が死んだんです。あるいは僕の歳になると、友達なんかもボチボチ逝ってしまう。そんなことが周りに起これば誰だって「死んだらどうなるのか」ということについて考えますよ。

威勢のいい二十代の頃にはそういうことは考えませんね。「いつ死んでもいい」ぐらいの感じでしょ。ところが四十を越して自分の体力が衰えてきたところで身内の不幸に遭ったりすると、恐怖感と絶望感がつき纏《まと》ってくるんです。一つは「死後の世界で自分はどうなるのか」。もう一つは「自分が死んだ後、残された人々はどうなるのか」と二つのことを考えるわけです。これが『椿山課長の七日間』を書いたきっかけです。

今日という日は二度とない

丸山　残された人がどうなるのか……。今、少子化ということが盛んに問題にされていますが、現世に残す家族がいない人にとって、この世への未練というのは希薄です。気楽でいいということはありますが、でもそれは寂しいことでもあるわけで。浅田さんはそういった現代人に対して危機感を抱いておられるのでしょうか？

浅田　僕の場合は子供が大きくなっていることもあって、家族に対する心配というのはあんまりないんです。保険にも入っているし（笑）。やはり仕事に対する未練のほうが大きい。

例えば「自分が死んだ後、書きかけのあの原稿はどうなるのか」とか、「これから先はどのように扱われていくのか」ということのほうが気になりますね。

丸山　椿山課長もデパートマンとして、自分が担当しているバーゲンセールがどうなるかを心配していますよね。もちろん家族のことも心配していますけれど、どちらかというと仕事のことが心配。

浅田　いかにも日本人的な発想なんだけれど、働き盛りの男性にとっては実感だと思いますよ。

丸山　『椿山課長の七日間』を通じて私が一番強く感じたのは、せっかく生まれてきたんだから、その日その日を大切に生きないともったいないんだなということでした。

浅田　それはその通りですね。小説に出てくる死者たちは、死んでからの七日間を一秒でも無駄にするまいと思っている。本当は生きているときから「今日という日は二度とないかけがえのない日なんだ」と思うことが大切なんですよ。僕自身が小説を書いていて、登場人物から教えられたことでもあります。

丸山　もしかしたら奇跡が起こるのではないかと期待して前半部分を読んだのですが、結局、椿山課長が死んでしまったという事実は変わらない。でも気づいたんです。ここが大事なところなんだと。

浅田　人は与えられた宿命を受け入れなければならないんです。これは生きている人でも同じことで、試練に遭ったときに、状況を変えようとしても奇跡は起こらない。だから状況を変えて自分が救われたいと望むのは愚かなことなんですよ。救われる方法があるとしたら、それは発想の転換。試練は試練として受け止め、自分の中で試練との向き合い方を考え直すしかないんです。

それから自分が苦悩しているときに、他人に相談したってダメ。気持ちが楽になるということはあっても、解決にはなりません。つまり、自分の苦悩を解決するのはあくまでも自分なんであって、他人に依存しようというのはそもそも間違いだと思うんです。最初は死んでしまったことに苛立ち、戸惑う椿山課長が少しずつ心に折り合いをつけていく様子を感じ取っていただけたら嬉しいですね。

丸山　それは、椿山課長と同世代のサラリーマンに向けての浅田さんからのメッセージでもあるわけですね。

浅田　今はサラリーマンにとって厳しい時代です。リストラが原因の自殺なんていうのも、終身雇用という切符を反故にされて、生きていく方途を失うというようなときに起こりますからね。でも人間って、本来はそんなに弱いものではないはずなんです。

最終的には自分で自分の責任を取らなきゃいけないのが人生。僕にそのことを教えてくれたのは自衛隊でした。いつも戦争の訓練をしていたわけですが、だれも助けてなんかくれません。それが軍人の一番考えていなくてはならない基本的なことですから。自分の命は自分で守るしかないんですよ。その経験が社会に出てからもとても役に立っています。

何でも人のせいにしようと思えば、いくらでも人のせいにできます。でもそれを言ったらキリがない。人のせいだと思うから腹が立つということもある。「悪くなったのは自分のせい、良くなったのも自分の実力」と思えば、一番ストレスがないのではないでしょうか。

丸山　浅田さんの小説はいつもそうなのですが、登場人物が魅力的ですね。

浅田　今回の登場人物は、物語の中でみんなそれぞれに苦労しているのだけれど、中でも武田というテキ屋の親分は本当の苦労人ですね。

丸山　人違いで殺されてしまった武田さん。好きなタイプです（笑）。

浅田　僕は登場人物の中に自分が入ることはなくて、自分とは別人格の人間として描いていく。それだけに自分が作り出した人物ではなく、実際にそういう人間がいるという感じになってしまうんですよ。僕も武田が好きですね。「いいやつだなぁ」と思います。

丸山　なんというか、男っぽい。

浅田　今の男性に欠けているのは男気。俠気なんです。男らしさ、潔さというものが欠如してますね。

丸山　女性には増えているように感じるのですが……。

浅田　男気のある女性はいっぱいいますね。女性と話していて「この人が男だったら、さぞかし立派な男だったろうな」とよく思いますよ。ところが男の中に「こいつはいい男だな」と思わせてくれる男が少なくなりましたね。

丸山　それは女性としても辛いんです。あ、人のせいにしてはいけないのでした。

浅田　ワハハ。

女の恋愛は流れ去る　男の恋愛は積み重なる

丸山　男と女の話が出ましたので、ちょっと恋愛についてお話を伺いたいのですが。

浅田　どうぞ。

丸山　真面目にやってきた椿山課長があの世とこの世の中継地点で送られたのが「邪淫の罪」を償う部屋。心当たりのない椿山課長は抗議するわけですが、実はいたんですよね。椿山課長が結婚して泣いていた佐伯知子さんという女性が。

浅田　こういうことが男にはあると思いますよ。「どう考えてもあいつと結婚しなきゃおかしかったのに、でもそうじゃなかった」ってこと。女性にだってあるでしょう。何年もつきあっていて、もう結婚するのは秒読みだと思われていた女性が、一瞬にして別れて別の男と電撃結婚するということが。

丸山　それにしても椿山課長は鈍感すぎます。佐伯さんの気持ちに気づいてさえいなかったなんて。あの件《くだり》は読んでいてジリジリしました。

浅田　これは僕の恋愛論なのですが、女性の恋愛と男性の恋愛は違うんです。どこが違うのかというと、女性の恋愛は流れ去る。次の男ができると、過去の男のことはどんどん忘れていくんですよ。ところが、男の恋愛というのは積み重なるんですね。昔好きだった女性のことを心のなかで捲《めく》ってみることもできてしまう。別れて次の恋人ができたからといって、前の恋人のことを忘れたわけではなく、嫌いになったわけでもない。恋をしたときの心をいつまでも持ち続けている。これが男の恋ですね。

丸山　女の恋は流れ去る。男の恋は積み重なる。それはつまり、女性はリアリストで男性はロマンチストだということでしょうか？

浅田　男と女が違う動物であるということは確かでしょう。だから、椿山課長と佐伯さんの間にもズレが生じたのではないかと思いますよ。

丸山　でも佐伯さんはいい女ですね。

浅田　自分で自分の気持ちの処理ができる女性というのは素晴らしいです。佐伯さんは一見一番不幸せのように見えますが、実は一番幸せな人間だと思います。これから後、間違いなく幸せになる人なんです。彼女と知り合って、彼女と語り合ったりなんかしたら、僕は彼女に惚れちゃいますね（笑）。

丸山　佐伯さんが、女性の姿で現世に戻ってきた椿山課長に自分の思いを打ち明けるシーンがありましたけれど、ここで私はウルウルときてしまって。

浅田　「愛する人のためなら何もいらない」というのが本物の恋愛じゃないかと思うんです。確かに恋愛にはいろいろな形がありますよ。最初はお金がきっかけでも、そこから恋愛が始まるということだって大いにあり得る。でも究極の恋愛というのは、その人のためなら何もいらない。命もいらないし、場合によっては自分自身の恋する心すらもいらない。そういうものではないかと思いますね。

笑いの表現は泣きの表現

丸山　もう一つ、親子の関係というテーマが出てきます。浅田さんはこれまでにも家族をテーマにした作品をたくさんお書きになっていますね。例えば、「角筈にて」では家を出たきり自分を迎えにきてくれなかった父親、「ピエタ」では自分を棄てた母親。「うらぼんえ」でも『地下鉄に乗って』でも家族のありようを描いておられます。

浅田　『椿山課長の七日間』でも親子の絆というのは、外すことのできないテーマでした。

丸山　椿山課長は、もしかしたら自分の息子ではなかったのかもしれないと知りながら、それでも息子を愛していると確信します。雄太君の両親も本当の親ではなく、彼は本当の両親に会いたいと現世に戻って頑張ります。つまり浅田さんのなかでは、生みの親と育ての親、どちらも本当の家族なんですね。

浅田　僕には親がいっぱいいるんですよ。生みの親、育ての親、親父の連れ合いとか、おふくろの連れ合いとか。非常に複雑な育ち方をしているので、どの人が自分の親だと整理できないんです。

恩と恨みをはっきりと分けられる人は幸せですよ。どれが恩でどれが恨みなのかがわかればポンと突き放すことができますから。親兄弟のしがらみというのは非常に重い。女房、子供にしたって、自分が家族のために消費しているエネルギーやお金といったら莫大なものですよ。一人で生きていければ、そんなに楽なことはない。家族のしがらみのない人間は総理大臣にでもなるくらい出世しないと嘘だと思いますね。つまり、それくらい家族を背負うというのはハンディキャップなのだということですけれど。

丸山　でもなかなかできることではありませんね。親兄弟と縁を切るということは。

浅田　それが家族というものなんです。ところが、現代の若者にはいとも簡単に親と縁を切ることのできる人間が増えています。確かに自由にはなれるかもしれない。しかし必ずその自由に甘えるようになる。自由に甘えて、自分のなかにある本当の力というものを何も引き出せずに一生を終えてしまうんです。人というのは、自分の大切な人の喜ぶ顔が見たいからこそ頑張れるということがありますから。家族というハンディキャップが人に生活力という筋肉をつけるんですよ。

丸山「家族を大切にしよう」なんて説教がましいことは一言も書かれていないのに、いろいろと考えさせられてしまう。浅田マジックというのはスゴイですね。子供なんていらないやと、家族に対して非常にドライな人間が、椿山課長の息子を思う気持ちに感情移入して泣いてしまうんですから。

浅田　泣きましたか。

丸山　お腹を抱えて笑ったり、ティッシュ片手に泣いたり。

浅田　これは僕の小説に共通していることなのですが、笑いの表現は泣きの表現でもある。だからいつも、ここは笑って済ませようか、泣かせてしまおうかということを考えるんです。

丸山　冒頭で少し触れられていた笑いと涙の話ですね。

浅田　ユーモアの語源はヒューマンだと言われています。人間社会を維持していくにはユーモアの力が必要なんですよ。ところが日本人というのはユーモアの使い方が下手。深刻な場面で笑い話をすると不謹慎だと軽蔑されてしまいます。

丸山　あの「笑っていなけりゃ泣けてくる」の名セリフを思い出します。

浅田　そう。『プリズンホテル』で仲蔵親分の言った「笑っていなけりゃ泣けてくるからな」というのは、僕がユーモアを重んじる源というか、その象徴的なセリフですね。人生は泣いていたら前に進めないんだから笑っていようじゃないかという。

究極のユーモアというのは、泣き笑いが背中あわせですから。ここで笑わなきゃもう泣くしかないというときに出るギャグこそが珠玉のギャグなんです。

丸山　すると、人の死を主題にした『椿山課長の七日間』は、最初からユーモアを意識して書こうと決めていらしたのでしょうか？

浅田　そうです。あの世とこの世の中継地点はこうであってほしいという願いを込めて楽しい場所にしましたね。

丸山　中陰役所で担当官をしているマヤさんが「ボンボヤージュ」とか言ってしまうような明るい人で、いい味出していますね。

浅田　あの世のお役所は、府中の運転免許試験場をモデルにしているんです。

丸山　そうでしたか。

浅田　こういったことは閃きではなく、職人的な肉付けの部分ですけれどね。最初は羽田空港をモデルにしたらどうかと考えていました。わさわさ人がいて、それぞれのゲートに吸い込まれていく。あの感じが冥土っぽいかなと。でも一般的ではないなと思い直したんですよ。海外旅行に行く人が増えたとはいえ、空港を知らない人もいますから。それにアクシデントもあって。

丸山　アクシデント、ですか？

浅田　空港のことを考えているときに免許の更新に行ったんです。僕の誕生日は十二月十三日なので、暮れの忙しいときでした。「さぁ、今日はギリギリだから行かなくちゃ」と思って府中まで走って行って、「浅田次郎が来てる」とかなんとか言われて見世物になりながら列に並んで、行政書士のところで写真を撮って。ところがタイプを打つところになって「これ、来年じゃないですか？」って言われてしまったんですよ。

丸山　うわっ、ショックですねー。

浅田　「来ちゃったんだからとりあえず手続きしてください。そうすれば一年助かるから」と言ったら「ダメです」と。もう悔しいやら、しゃくに障るやら（笑）。でもそのとき、ふと周りを見渡して「おっ、これは使えるな」と思ったわけです。老若男女が来ているし、エスカレーターでスーッと上がっていく様子や、無違反無事故の人と駐車違反などで点数を取られている人とでは講習を受ける場所が違っているということにピンと来て。

丸山　冥土のシステムが描写されている件を読みながら、なんだか行ったことがあるような場所だな、前世か？　なんて薄気味悪く感じていたんですけれど（笑）。

浅田　運転免許試験場だとは、案外みんな気がつかないみたいですね。でもこれがあの世とこの世の間にある中陰役所の創作秘話なんですよ。

小説を書くのが大好き

丸山　やはり、小説家というのは二十四時間態勢でいろいろと考えていなくてはいけないんですね。

浅田　それはそうです。でも僕は小説を書くことが好きでたまらない。文章というのはたくさん書いていれば誰でもうまくなると思います。でも、書いても書いてもまだ書きたいことがいっぱいあるというのは、努力ではどうにもならない衝動ですね。この楽しさを人にもわかってもらいたいという気持ちで小説を書いています。

丸山　楽しさを伝えたいと伺って思ったのですが、浅田さんの小説はいつも、誰にとっても関心のあることがテーマになっていますね。

浅田　小説というのはそうでなければいけないと思います。芸術だってそうでしょう。教養のある人にしか理解できない美しさとか、わかる人にしかわからない美しさというのは二流なんです。だれが見ても「わぁ、きれい」と思えるのが本物の美しさですよ。桜の花の美しさ、もみじの美しさ、名月や雪の美しさ……。

丸山　毎年見ても、また来年も見たいという飽きない美しさでもありますね。

浅田　僕は花鳥風月の心を大切にしています。誰が見ても美しい風景や音楽。そういったものが永遠のお手本なんです。

掲載　「一冊の本」　二〇〇二年九月号

時代小説にみなぎる活力

山本一力

やまもと　いちりき
一九四八年生まれ。作家。
著書に『あかね空』『背負い富士』『まとい大名』『ほうき星』など。

家族はどうあるべきか

山本　今日は直木賞発表の夜なんで一年前を思い出しますね。受賞作の『あかね空』で私が伝えたかったこと、テーマは一〇〇パーセント、家族の大切さだったんです。

浅田　僕も、家族をテーマにした作品は多いんですよ。どの作品でも家族とは何か、を描いてる部分があります。

山本　私は執筆当時は二億円もの借金をかかえて、定収なしのどん底生活でした。そんな状況では自分一人がやれることなんてたかがしれています。だから、ひたすら家族を信じ、親は子供のために、子供は親の言うことを聞いて一生懸命生きていくしかなかったんですね。でも、貧乏ったらしい生活をしていたわけではないんですよ。かみさんはよく近所の魚屋でアラを買ってきましたが、それは鯛のアラだったりして、結構贅沢な気分は味わえたものです。努力・工夫すれば借金抱えてもどうにかなるんです。今の生活もたいして変わっていませんが（笑）、生活そのものが家族の絆になっていました。そんな家族像を、江戸時代の豆腐屋職人に投影して思い切り描いたのが『あかね空』だったんです。

浅田　江戸や幕末の話なんていうのは、ついこの間の出来事ですから、人間や家族なんて当時となんら変わっていない。僕は、現代との違いは、人間が足で歩かずに電車に乗るようになったという、たかだかその程度のものだと思っているんです。

山本　家族関係だの、父親が考えていることだのを、そのまま江戸時代に持っていったら時代小説になりました。

浅田　僕も、まるっきり現代人の頭で時代小説を書いていますよ。それで、矛盾は少しも起きない。『五郎治殿御始末』は明治維新後の侍たちの姿を描いた作品ですが、現代の世相におもねって書いたわけではないんです。武士たちの大失業時代だった当時と、リストラ吹き荒れる現代がピッタリとあわさったというだけの話なんですね。

考えてみると、明治維新というのはすごい出来事でした。江戸時代は国民の二〇パーセントぐらいが武士階級でした。維新で、これが失職した。薩長藩閥の一部の人間を除くと、ほとんどがサラリーダウンされるか、クビになるかのどっちかで、職を奪われていったんですから。

――単純計算でも当時の失業率は、二〇パーセントを超えていたことになります。

浅田　それに比べれば、失業率が五～六パーセントという現代は、贅沢な時代といえるわけです。そして、職を奪われた侍の気持ちというのは、会社をクビになったサラリーマンの気持ちとほとんど変わらないでしょう。興味深いのは、戊辰戦争で当時たくさんの人が死にましたけど、明治になってからは大失業時代にもかかわらず侍が腹を切ったという話はあまり聞かないことです。新しい時代になったとたん、彼らは過酷な状況と闘いながらものすごいエネルギーを発揮して生き続け、明治という時代を創っていったのです。

山本　今の世の中は交通事故の三倍の、年間三万人もの自殺者がいるんですからゾッとします。

浅田　しかも、そのほとんどは我々と同世代の五十代でしょう。彼らの悩みは、考えてみれば贅沢な悩みともいえるんです。かつて僕も山本さんに負けないぐらいの貧乏をしたつもりだけれど（笑）、何とか食うことはできましたから。ドーナッツ屋の裏へ行けば、今でも賞味期限切れのドーナッツが山のように捨ててあるでしょう。僕は昔、捨てられようとしているドーナッツを「ください」と言って、貰って帰ったことがあるんですから（笑）。

山本　私はさすがにそれはない。

浅田　子供、喜びましたよ（笑）。ともかく、食えなかった人が大勢いた昔と違って、現代はそういう豊かな時代なんです。

山本　まったくおっしゃるとおりですね。飢え死にっていうのは、今の時代にはまずないわけですよ。今この世の中で死ぬ奴というのは、食うことではなくて死ぬことしか考えなくなる。

浅田　僕は、それをいろいろ分析しているんです。僕にも自殺した知人がいますし、その事情も知っていますから、「どうして死を選んだんだろう」と考えさせられるわけです。僕なりに結論を出してみると、そいつは勝ち敗けを意識しすぎたんじゃないか、と思うのです。人生を勝ち敗けだけで判断すると失敗するとどうにも救われない。敗北感に打ちのめされて、自殺を選んだんじゃないかと思ってます。でもね、リストラされたり、会社がつぶれたことが敗北かといったら、これは少しも敗北じゃないですよ。

山本　まったく、私も同感ですね。人間何が敗北か、強いていえば自殺してしまうことが敗北だと思います。

浅田　勝ち敗け意識というのは、戦後、日本に浸透したアメリカの論理だと思います。東京裁判では勝者が敗者を一方的に裁いたわけですが、以来、日本でも勝ちが美徳になってしまいました。今の世の中、一握りの勝者とそれ以外という構図ができています。かつての日本は、そんな世の中ではなかったと思いますよ。

山本　昔の日本人は、敗者の美学みたいなものを持っていましたね。

浅田　「判官びいき」という言葉があるぐらいで、敗けた人間が世の中のクズという考えはなかったはずです。

山本　アメリカは、勝つか敗けるか、まさにそれだけでしょう。典型的なのは、裁判だと思いますね。信じられないですよ。ハンバーガー食って太っちゃったからと言って、メーカーを訴えるだなんて。「正気か！」って俺たちの概念では思うんだけども。日本でも、どんどんややこしい訴訟が今起きてきているでしょ。いやな国だよねぇ。ほんとにもう（苦笑）。

浅田　人生は、全部勝敗で決まるわけじゃないですよ。勝敗を決めなくてもいい場合だって多いわけだから。自分が敗者だと思い込むというのが、いちばん怖いと僕は思いますね。

山本　ほんとに、そう思いますよ。

浅田　そりゃあね、僕も不渡り飛ばしたときは敗けたと思いましたよ（笑）。

山本　浅田さん、不渡りやったの？

浅田　（不渡り）飛ばしましたよ。三十歳のときに一億円の借金を持っていたからね。

山本　俺はいま二億円の借金だけど、それもすっげぇな。

浅田　そのときは敗けたと思ったけれど、まだ若かったから百分の一は敗けていないと思った（笑）。で、命がつながったのかもしれません。

山本　私は単純に死ぬのが怖いから、どれだけ借金が増えても死ぬことだけは考えませんでしたね。でも、学者だとか医者だとかは、自殺急増云々というと変な理屈で説明しようとするでしょう。あれは、絶対違うと思いますよ。何でもかんでも病名をつけて病気のせいにしてしまうのは、問題の本質を見誤らせると思います。

浅田　そうですね。本来人間はそんなに弱くないはずですから。

江戸時代の倫理観

山本　借金苦の自殺も多いようなんで、私の体験を言いますとね、額がどんどん膨らんでいくと、もう数字を直視できなくなるんです。今は悪いけどこの時期をしのげば、という精神論や根拠のない幻想に逃げてしまうのです。ところが、数字という事実は、放っておくと始末が悪い。今日ならなんとかなったことが、明日になると済まなくなる。十日もほっぽらかしておけば、もう手に負えない。

浅田　そういうときの計算って、女房のほうが確かですよ。亭主は希望的観測とか、数字にあらわれない幻想をプラスするから、当てにならない（笑）。

山本　ほんと、そうだと思います。今の日本経済がぐじゃぐじゃ言われてる最大の根幹も、そこですよ。銀行の不良債権にしてもどんどん額が増えていくじゃないですか。正確に不良債権の額を確定できるまで、日本経済は立ち直ることはできないでしょう。

昔の文献なんか読んでいて一つ強く思うのは、江戸時代の大店《おおだな》の商人というのは、自分たちがひとり勝ちすりゃあいい、という発想はなかったですね。この部分というのは、つくづく尊いものだと思いますね。

浅田　それは私も感じます。

山本　今の日本は、商売も勝つか敗けるかということになっているでしょう。例えば、開発途上国で製品を作りまくって、市場を席巻しちゃっている企業。安いものを供給するという点では消費者に対して是かもしれませんが、国内の産業を立ち行かなくし、勝負にならないようなコストで既存の企業をつぶしてひとり勝ちする。これは、長い目でみれば自分で自分の首を絞めるようなものだと思うんですけどね。そういう自分勝手な企業は消費者からも嫌われますよ。

浅田　昔のお侍はもちろん、商人だって、ある程度の地位なり、富を得た人は、自分は公器であるという認識がありました。武士階級がいい例で、彼らは行政官であり、司法官であり、軍人であり、あらゆる権力を掌握していた。だから、間違いなく自分たちは公器であると思っていたわけです。僕は、「武士道とは死ぬことと見つけたり」という『葉隠』の教えは、本来は、命を社会に捧げるつもりで不惜身命の努力をせい、ということだったと考えています。単純に命を軽んじるような考えと解釈するのは間違いですよ。

山本　昔の人間は立派だったし、賢かったんですね。

浅田　ところが戦後、役人も政治家も実業家も、みな功利的になってしまいました。自分の保身ばかり考えるようになってしまった。

――浅田さんは、今回の作品『五郎治殿御始末』の中で「武士の士魂がすたれれば、これからは万事がカネの世の中になる」と語らせています。

浅田　明治の人たちはそれをある程度予測していて、士魂商才であるとか和魂洋才をスローガンにして自粛していったんですね。だから近代日本は、うまくやっていけたと思うんです。

山本　なるほど。でもね、私は江戸時代のそういう文化や価値観というのは、世の中ずいぶん変わってしまったけれど、日本人の根っこには残っていると信じているんです。確かに今の世の中、嫌なことが多いですけど、私は揺り戻しっていうのを、絶対に信じていますね。根源的な生き方というのは、人間、変えられないと思いますよ、昔も今も同じ日本人なんですから。

――時代小説を書くうえで、当時の町並みや言葉遣いなどはどのように取材されていますか。

山本　私はね、高知でガキの時分に過ごした貧乏長屋を思い起こすと、時代小説がスムーズに書けるんです。なにしろ、高知の駅前に信号機が付いたというんで学校から見学に行ったという、すさまじい田舎で少年時代を過ごしていますから。

浅田　僕は東京生まれの東京育ちなんで、東京の古地図を調べたりすると、故郷を懐かしむ気持ちになって、それ自体が楽しみになったりします。あと、僕は東京オリンピック以前を記憶している最後の世代なので、意外と掘割がいっぱいあった町だというのも憶えているんです。そんな記憶を辿りながら書いてますね。町並みは変わってしまったけれど、江戸っ子の気性と言葉は僕の祖父母の代までは完璧に残っていましたよ。そういう意味では、時代小説は僕のじいさん、ばあさんを出してくるっていう感じがあります。

山本　私は、落語が好きでね、落語は大事な知識の源となっています。それと、いま現在富岡（東京都江東区）に住んでいることですね。今年で九年目になるんですが、その程度の年数だとまるっきり幅がきかない町なんですよ。それこそ、浅田さんみたいな江戸っ子がゴロゴロいるわけだから。

――富岡の気風についてもう少し詳しくお聞かせください。

山本　土地の人に、わきまえがあるんですね。例えばお祭り。彼らは新参者に「お祭り、どう？」って一回は誘ってくれます。「いやだ」と言われたら、その後無理強いは絶対しない。そして、「やりたいんだったら、俺たちの流儀でやれよ」っていうのがあるわけです。富岡の一帯というのは、新参者にも優しい気遣いはするものの、半端な口はきかせないんです。

浅田　昔の東京は、そうでした。

山本　住んでみて、もう一つ、気が付いたことがある。土地の人たちが、あの八幡様（富岡八幡宮）を素通りしないんですね。ちょこんと頭を下げるだけだけど、それが心底敬って、自分たちを守ってくれている八幡様への礼儀なんだというのがわかるんです。ほんと、お参りはあっさりしているんだけど、「あっ、これなんだよ」っていう気がしましたね。
浅田　それは、かつての東京一帯の気風かもしれません。
山本　私は町の長老に「八幡様に願いごとをしちゃあいけない」と言われました。「おまえが今日生きていることに感謝するのが八幡様への礼儀だ。願いごとをして、聞かれなかったときにどうするんだ？　神様を恨むのか？」と。こっちは、詰まるよね。「だったら、そんなことはせず、お礼を言ってろ」を教えられましたね。
浅田　僕も同じことを祖母に教わりましたよ。祖母と近所を歩くと、天神様の前で必ず拝む。そのとき祖母に「おまえ、いま何をお願いしたんだい？」と聞かれて、「勉強がよくできるようになりますように」と答えたら、怒られた記憶があります。「ああせい、こうせいと頼めば叶うほど、神様や仏さんは甘くはないよ」と。そして、あえて願いごとをするならきちんと願掛けしなければならないんです。
山本　私もまさに、そう言われました。「ポロンと賽銭出したぐらいで、願いごとをするなんてとんでもない。ちゃんと中へ入って、神主に頼め」と。で、新刊本が出ると、毎回、それを持ってベストセラー祈願に行くんです（笑）。余談になりますけどね、最初の本を出したとき、債権者の人たちがいちばん喜んでくれましてね。本屋を回って、「あいつ、自分で言っていたようにどうにかなっていくかもしれないよ」って本を買って、配ってくれたんです。

想像の翼が広がる

――時代小説を書く楽しさ、難しさはどのへんにあるのでしょう。

浅田　時代小説というのは、変な言い方をすれば、だれも見たわけじゃないから、ある程度は責任持たなくていい（笑）。想像の翼が広がることは確かで、嘘がつきやすいというのがありますね。

山本　販売促進のセールスをやっていた時代、私は、ほんとに仕事が楽しかったんです。当時、クライアントにわかってもらえなかったプラン、自分では気に入っていても採用されなかった企画というものがあるでしょう。それが小説の中だったらいくらでも採用させることができる。そういう壮大な嘘を時代小説に仕立てて書いたのが『深川黄表紙掛取り帖』です。これはもう書いても読んでもおもしろいですよ。夢の実現ですから。

浅田　いくら小説でも史実に関しては間違ったことを書いてはいけないからいろいろ調べますが、一歩間違えると資料調べのほうがおもしろくなってしまうことがありますね。小説を書くつもりで調べていたテーマが結局新書になったというケースも耳にします。

山本　私の場合は、金勘定にこだわって書いてる部分もあります。どういうゼニの稼ぎ方をしていくかを突き詰めて考えていくと、おのずと人間が浮かびあがってきます。カネというのは人の営みの根っこだし、長い間営業マンやっていた性癖でもあるんだけども、そこに立脚して物語を組んでいくと、リアリティーが出ます。頭の中だけでこねくり回していては登場人物は生きてきませんからね。

小さな英雄たち

山本　私が初めてサイン会をやったのが、『あかね空』のときなんです。こっちの予想通り、中高年がワッと来てくれた(笑)。でも、回を重ねるごとに若い連中が増えてきて、錦糸町でやったときは、あんまり若い人が多いんで、出版社が仕組んだのかと思ったくらいでした。ところが、彼らはちゃんと俺の本を読んでいるし、「一緒に写真撮らせてください」と。あれはうれしかったですね。

浅田　時代小説のサイン会で若い人が来てくれると、うれしいですよ。今までずっと、日本人は外へ外へ目を向けていくという方向でした。時代小説の読者層が厚くなっているとしたら、それにちょっと飽きてきたからではないでしょうか。洋食ばかり食ってると味噌汁がたまらなく飲みたくなるとか、外国へ行った帰りにラーメン屋に寄るというのがあるじゃないですか。ああいう感覚で、時代小説に読者が返ってきた気がします。

山本　時代小説は日本人のいわば故郷だから、読んでみりゃあ、「ああ、いいな」とだれでも思うはずなんですね。そしておもしろいものは、やはり人が読んでくれる。だって、手前のゼニを払って買ってくれているんですからね。読んでおもしろい時代小説が増えたから、読者が増えた。それがわかりやすい答えだと私は思いますね。

浅田　考えようによっては、時代小説が売れているというのはいい現象なんじゃないでしょうか。僕は乱読家なんで、たくさんの小説を読んできたけど、未来を書く小説、つまりＳＦは科学の想像の産物を書いたりするから人間をあまり書かなくてすむ。世の中の動きや仕組みを書き込む現代小説は、多少は人間を書かなきゃあいけない。そこへいくと、時代小説は人間しか書けないんです。人間一人ひとりの性格であるとか、人と人とのかかわり合いを軸に据えないと、小説にならない。そういうものに人が目を向けてくれるというのは、小説の読み方として非常にいい読み方になっているという気がします。

山本　今のは、浅田さん、ぜひ声を大にして言っていただきたいですね。

浅田　今回の『五郎治殿御始末』で、職を奪われ、禄を失う武士たちの姿を描いてみて改めて思ったのは、彼らの気概と誇り、それがいかに人間を支え、大きなエネルギーを生みだしていくかということです。

江戸の世から明治の時代への転換というのは、その時代に生きていればだれしも目をむきます。太陰暦から太陽暦に変わった年はいきなり「今年は十二月二日でお仕舞いです」になっちゃったりするんですから。職を失った武士はもちろん、商人だってあわてますよ。でも、彼らはそんな逆境を誇り高く生き抜きました。

山本　例えば評論家とか学者たちが今の時代がどうのこうの言うのは勝手なんだけど、世の中ああだらこうだらと言っている意見は本音を言っているようで、実は建前論なんです。俺は、それにには全然シンパシーを感じません。その点、浅田さんの時代小説は説教くさくなくてすごくいいですよね。説教たれていないんだけど、しかし深く考えさせられる部分がある。

浅田　これは僕と山本さんの作品の共通点かもしれないけど、決して英雄談ではないんですね。言うなれば小さな英雄談なんです。

山本　さっきの話じゃないけれど、今の世の中、英雄である必要はない、とにかく生きろと声を大にして言いたいですね。生きている限りは希望があるんですから。

浅田　そう、二人とももはやこれまでと思ったこともあったけど、お互い直木賞をとっちゃったんですから。

掲載　「現代」　二〇〇三年三月号

〝まちづくり〟〝国づくり〟を語る

米田雅子

よねだ　まさこ
一九五六年生まれ。慶應義塾大学特任教授。
著書に『田中角栄と国土建設』『日本は森林国家です』
『建設帰農のすすめ』など。

まちづくりには風土への理解が欠かせない

米田　浅田先生は欧州やアメリカをはじめとして世界各地の国やまちを見られてきたと聞いています。日本は戦後の高度経済成長期に膨大な社会基盤をつくり上げ、資産を築いたわけですが、はたしてそのなかに次世代へ残すべきものがどれほどあると思われますか。住みよく美しいまちをつくってきたでしょうか。

浅田　これはまずいだろう、というものが最近多いですね。具体的に言うとまずいかもしれませんが、だれが見てもおかしいというものがあります。東京・向島のウンコのような形を戴いたビルなんか典型的です。

最近では京都の駅ビル。日本人の美意識ではつくれないと思います。外国人の設計であれば無理もありませんが、日本人が設計したのならおかしいと思います。

米田　向島のビルは、浅田先生も「美しいものが大好きな民族」と認めているイタリア人建築家の設計ですよ。

浅田　やっぱりイタリア人ですか（笑）。イタリア人を誉めているのと矛盾するようですが、その土地の風土を知っているかどうかということが大事なんですよ。子供の頃から日本に住んでいるイタリア人なら別ですが、外国人に建物の設計を依頼することには大きな問題があると私は思います。

米田　日本人も十分に変な建物をつくっています。「バブルの遺産シリーズ」なんていう特集が組まれるくらいですから。例えば「傾いている建物」です。窓や外壁などが傾いているんです。デザインに凝ると使い勝手を無視するという傾向がありますね。ついでに言うと、そうした建物は光熱費などのコストもかかりがちです。皮肉にもそれによってリフォームや省エネの技術は進歩しているようですが。

現代日本のまちづくりについてはどのような印象をお持ちですか。

浅田　ちょっとずれてる、という感じですね。自然災害が多かったり、関東大震災や戦災で都市部が焼け野原になり、古いものが壊れてしまったという仕方のない面もあるんです。これは宿命的なものです。でも、それにしても美意識がずれているという感じはあります。

米田　「火事とけんかは江戸の華」というくらい江戸はよく焼けました。江戸時代の社会は循環型で、山に木が生長すると江戸が焼け、その木を使ってまちを再建するのでまた経済が活況を呈するといった構図になっていたようですね。

浅田　どうも江戸の庶民は、焼けて当然、といった感覚があったようです。焼けるもんだという前提で暮らしていたんです。だから庶民の長屋にあるのは簡単な寝具と鍋釜くらいのもので、家具なんてほとんどなかったそうです。外食が非常に多かったので台所用品もほんとに簡単なものしかなかった。「江戸版ファストフード」とよくいわれますが、うなぎも天ぷらも寿司も外食から発展したものらしいです。火事が多かったから家には必要最低限のものしか置かなかったのでしょう。

米田　おそらく東京というまちは、これまでメンテナンスと縁がなかったのではないでしょうか。江戸時代以来火事が多く、震災で壊れ、戦災で焼ける。そういう意味で、「ストックとしてのまち」という意識のない、世界でも珍しい大都会だったと思うんです。ところが現在、まちは鉄とコンクリートでつくられるようになり、耐震技術も進歩したことによって、初めて東京はストックとしてどう生きるかという課題に直面しているんじゃないでしょうか。高度経済成長期につくってしまった大量の建物・インフラをどのように使っていくか。

浅田　そうでしょうね。今まではスクラップ＆ビルドの時代でしたが、これからはそういう時代ではないと思いますよ。

　　　　観光地は一日にしてならず

米田　東京を離れて地方の話題に移りたいんですが、一九八五年のプラザ合意以降、地方の公共投資はどんどん増えていきました。三四〇〇の市町村に一億円を配った竹下首相時代の「ふるさと創生」事業も記憶に新しいところです。そこから始まった「ふるさと事業」によって、たくさんの観光客や利用者を呼び込むために地方にはいろいろな〝箱もの〟ができました。少なくない地方公共団体が赤字財政に陥っているなかで、それをどうやって活かすかという問題がいま生じています。

浅田　実はその影響は小説家にも及んでいるんです（笑）。「ふるさと創生」以来、全国の市町村に「文化会館」なるものがやたらとできました。低予算で行える文化事業は講演会しかないんです。コンサートや演劇をやろうと思ったら、人数が多くてお金がかかるんです。その講演にしても〝文化人価格〟というのがあり、小説家や大学教授は安い（笑）。

教育の違いだと思いますが、私より若い世代の小説家には講演下手な人が多く、五十代の小説家が一手に講演を引き受けているような状況なんです。ひどい人になると年間二百回も講演するらしい。いつ原稿を書いてるんだという話ですよね。たくさんお断りしている私でも年間三十回くらいは講演していますから。

米田　地方へ行くと、首をかしげたくなる安直な観光施設に遭遇することがあります。そうしたものに一億円使ってしまうというのは、すごいことです。日本の建設業の不幸の一端は、そうしたものをつくらざるを得なかったところにあると思うんです。地方で公共事業として

「とにかくなにかつくる」となったとき、そのつくり手は建設業ですから。

浅田　まず基本的な考えとして、本当の意味で観光目的に合致するようなものを瞬間的につくろうとするのは間違いです。世界のどこを見てもわかりますが、観光目的に適っているものというのは百年、二百年、一千年という時間によって淘汰された結果、残ったものなんです。例えば姫路城が素晴らしい城だからといって姫路城と同じものをつくっても、観光客は来ません。姫路城はあくまでも戦国時代以来の築城技術の粋が現実のものとしてかの地に存在するがために人が来るわけです。

真の観光資源は第一に自然なんです。第二に歴史ですね。長ければ長いほどいい。

米田　エジプトのピラミッドは公共事業であったといわれています。大変な経済効果を上げ続けていることになりますね。

浅田　五千年、世界最長の経済効果でしょうね（笑）。観光客が落としていったお金の累積額も断然世界一でしょう。

当時のエジプトには「働かざる者食うべからず」というモラルがあったんです。だからこの公共事業はいわゆる「福祉」という性質のものではありません。ファラオは莫大な富を持っているわけですが、それを民に施すのではなく、労働の対価として与えたのです。

米田　ケインズ政策は当時からあったわけですね。

浅田　ある意味で人間は同じことを繰り返しているのであって、あまり進歩していないともいえますね。

学び直す価値のある幕藩体制

米田　国・自治体ともに財政的に非常に厳しいなかで公共投資が維持管理にシフトしています。新しいものはなかなかつくれません。そのような状況下でまちづくりを進めていくためには何が重要でしょうか。

浅田　自治体というのは営利事業ではないので基本的に危機感がないんです。だからなかなか住民の視野に立ってものを考えられない。いっそのこと県民や市町村民の有志が株主になって株式会社化するというのはどうでしょうか。田中角栄が生きていたら自治体の民営化を考えたんじゃないでしょうか（笑）。

米田　ただ、今の日本の問題として過度の中央集権があると思うんです。国と地方公共団体の仕事の比率は三：七ですが、税収は逆で七：三です。中央でお金を集めて地方に分配しているわけですが、そのときに、いわゆる「縦割り行政」といわれる問題などが山積しています。限られた予算を最も効率的に使わなければいけない現在のような時代に、「陳情」というかたちで国におうかがいをたてなければいけないシステムは非常に非効率です。財源・権限の委譲が伴わなければ地方公共団体が株式会社になってもうまくいかないと思います。

浅田　「強力な中央集権国家」をつくるというのは明治政府の第一の基本理念でした。ところが江戸時代の日本はそうではなかった。非常に合理的な地方分権ができていたんです。三〇〇弱の藩が全国にあったわけですが、徳川幕府は藩から一文も税金をとっていません。地方の藩の隙間におかれた天領（幕府領）で八百万石のお米をつくって財源を確保していたんです。そう考えると今のシステムより優れていたんじゃないかと思いますね。

米田　中央集権体制は、何もないところにインフラを強力に整備するといったときにはよいシステムでしょうけれど、社会基盤がある程度整って成熟してくると弊害が大きいと思います。そういう意味でも江戸時代を見直す価値はあると思います。

浅田　研究してみるべきですね。昔の話だと思わないで。

米田　地方分権との関係でいえば、三二一七ある地方自治体を一九〇〇前後にするという動きが進んでいます。しかし、分権の担い手としては、まだ規模が小さすぎます。その一方で、市町村の区域を越えた生活圏をベースにした「広域行政圏」があります。水道事業や防災など、小さな自治体単位ではできない事業を共同で行っています。広域行政圏は全国に三六〇あり、平均人口二十五万人、一圏域内の平均市町村数は九二です。その広域行政圏を調べてみると、驚いたことに江戸時代の藩の流れを汲むようなかたちでまとまっているところが多い。つまり、同じ生活文化を共有するところがまとまっているんですね。考えてみると江戸時代ってとても長かったんです。文化がもつ意味は大きいと感じています。

浅田　二百六十五年ですからね。その蓄積はばかにできません。江戸時代の幕藩体制はいきなりできたわけではありませんから、やはり学ぶべきところは多いですよ。

米田　そこで私が思うのは、いっそのこと広域行政圏をベースにした基礎自治体をつくって、都道府県はなくしたらどうかということです。

浅田　道州制の逆ですね。二百六十五年かかって分けられた区分というのは、今の区分より案外正しいかもしれないですね。

米田　廃藩置県ならぬ廃県置藩も考えてみる価値はあると思います。

　結局、市民が主役になるまちづくりを行うためには、財源も自治体に委譲したうえで、自分たちが納めた税金がどのように使われるかということを情報公開する仕組みにしなければいけないんですよね。税金の使途がわからなければ、市民はまちづくりを含めた公共事業を自分たちのこととして考えませんから。

浅田　いっそのこと廃県置藩して幕府もつくっちゃったらどうかな（笑）。

日本人に自己改革は無理なのか

んです。

米田　日本という国はなかなか自己改革の難しい国ではないかという感じを私は持っている

浅田　そうですね。総合点ではダントツでトップですけどね。「どの国がいいか」「どこに住みたいか」なんて愚問ですよ。いろんな国に行きましたが日本が一番いいに決まってる。こんなに美しい四季があって、食べ物だって最高だし。

米田　〝一億総中流〟と呼ばれた時代はすでに終わって、富の再分配もできない時代になっています。五十兆円の収入しかないのに八十兆円使い続けることはできません。そうした台所事情のなかで、決して世界に誇ることはできない現在のまち並をどのように変えていけばいいでしょうか。

浅田　計算上ではどうにもできませんよね。年金の問題でもそうですが。ともかく日本は天下の役人国家なんです。伝統的に国会議員よりも役人のほうが偉い。昔は「高等文官試験」なんていうのがありましたが、ほとんど科挙の世界ですから。百三十年前の論理で今も進行していることがけっこう多いですよ。

日本人の特性ですが、まちや建物といったハードはいくらでも壊してつくり直すことができるんですが、ソフトに関してはまったくできないんです。中身の改革ができない。これは日本人個人にも当てはまると思いますよ。国家は個人の集合体ですから。例えば、家を買ったり売ったりしても家族関係はほとんど変わらないでしょ。

米田　では、どうしたらいいんでしょう……。

浅田　明治百年の大計を厳密に検討してみて、今の社会に合理的に一致しないものを撤廃していくことでしょうね。ソフトの部分では多いと思いますよ。

未来を展望するための近現代史

米田　私は浅田先生の作品の大ファンで、読むたびに感動しています。まちづくりというのは、本来市民が自分たちの夢を描いて参加できる、感動できる作業ではないかと思うんです。この地域をどうしようかと心躍らせるような。それがどうしても自分のこととして考えられないという人が多いですね。

浅田　最近反論が多いようですが、市民がそのような状態にある原因としてナショナリズムの欠落ということはいわれていますね。日本人には、日本人であるという自覚、そして国家意識が明らかに足りないと思います。仕方のない面もあるとはいえ、なんでも壊し続けてきた結果が現状であるという気はしますね。目に見えるものが残っていないので自分たちの過去を喪失してしまっているんですよ。

米田　日本人は自国の悪口をいいますね。

浅田　僕はいいませんよ、外国でも徹頭徹尾日本語をしゃべりますし（笑）。奇異に思われるからやめたほうがいいといわれたけれど、きちんとお辞儀もします。だってお辞儀をするのが日本人の礼儀作法なんですから。

それと歴史教育のひずみというのはあると思います。中学・高校で日本の歴史の教育を石器時代からはじめると、明治の条約改正でだいたい時間切れになるんです。あとは教科書を読んでおくように、となる。でもこれはおかしい。教えたくないんでしょうね。大学受験でも出題率が低いんです。なぜ歴史を学ぶのかというと、自分が現在こうやって生きているという座標を確認するためです。どこの国でも。そういう意味では現在に近い歴史ほど自分にとっては大切なはずです。だから私は、日本史はAとBに分けて、同じ単位数やるべきだと提言しています。近代史の勉強を学校が怠ったがために、韓国や中国との問題が発生していて、しかも国民の多くが理解できていないという状態になっていると思いますね。

米田　今の仕組みがどのような経緯でできたかを知らないから、直面している問題にどう対応していいかわからないんですよね。現代社会の仕組みをきちんと教えていないので、どうやって変えていったらいい国になるかということを考える力がない、素養が欠けているのだと思います。
浅田　まちづくりも含めて、これからの社会を考えるためには近代の歴史というのがとても大切なんです。過去を知らないのに未来を語れるはずがありません。小学校からきちんと教えるべきです。
米田　自分の住んでいるまちがどのようにできたのかを知らなければ、展望できませんよね。
浅田　また、郷土史を熱心に教えているところもあると思いますが、郷土史だけでなく日本史を知らなければまったくわからないんです。実は『壬生義士伝』という小説はそうした思いを込めて書いたんです。
米田　まちづくりにとどまらず、公共事業から地方分権、歴史教育の話題まで、今日は刺激的な時間を過ごすことができました。ありがとうございました。

掲載　「土木施工」　二〇〇四年一月号

日本原理主義宣言！

菅野覚明

かんの　かくみょう
一九五六年生まれ。倫理学・日本近世史。
著書に『神道の逆襲』『よみがえる武士道』など。

浅田　敗戦から六十年が経って、古い日本のモラルを全否定する〝呪縛〟が解けてきました。

菅野　発足以来五十年経った自衛隊もそうですが、いろいろなタブーがなくなりました。今まで一方に振れ過ぎて、目いっぱい覆い隠されてきたものが、限界が来てプツッと解けて露出しはじめました。

浅田　時代的なラッピングが剝《は》がれてきたということです。高度経済成長のときは今日と明日のことばかりでした。ところが今のような不景気だと暇だし（笑）、明日のことを考えてもどうしようもないから、後ろを振り返ってモノを考える余裕が出てきたのでしょう。

菅野　庶民がだれでも知っていた、ごく当たり前の倫理の伝承が敗戦以来ずっと途絶えていました。その戦後体制が綻《ほころ》びを見せ始めたところに『壬生義士伝』という、古風で〝まっとうな〟小説が出てきたのは、日本の国柄を考える上で意義深いです。

浅田　『壬生義士伝』は無名時代の二十八のときに一度書き終えていたものですが、当初は語り手の時代を日清戦争と日露戦争の間に設定していました。ところがそれだと膨らみが足りなくて、それよりも太平洋航路が開かれてアメリカ文化がガーッと入ってくる変革期である大正から起こした方がおもしろいと思った。この時代は国民の文化が花開き国家体制と競い合う、日本がいい形でバランスよく成長する大きなチャンスであって、同じ繁栄の時代でも熱に浮かされるだけでモノを考えなかった戦後の高度成長やバブルとは違います。

菅野　古いものと新しいものが調和する「よき大正」のような文化は影を潜めたという意味で、戦後にはまだ大正のような「この国のかたち」を決める立ち直りのチャンスが来ていません。

浅田　借り物ではない独自の意識を持った上で、時代を迎え入れるというバランスが理想ですが、戦後は今までのものをすべて放棄して新しいものをつくっていくというアンバランスでやってきました。

「ソンブンって誰?」

菅野　大正のよき教養主義も失われつつあります。今の教育政策は、いくらカネを投入すればいくら効果が出るという形で決められるから、数量化できない「教養」は追いやられ、今や大学でも教養課程が解体されるし、文学部無用論すら叫ばれる始末です。

浅田　先日、娘の大学卒業祝いに同級生を焼肉屋に連れていったときに、医者の卵である彼女たちに孫文の話をしました。彼は医者でありながらも新しい国家をつくる、歴史を変えるだけの大教養人だったと、啓発したつもりでした。そうしたら「ソンブンって誰?」という学生がいた(笑)。そのうち足利尊氏とか、源頼朝を知らない人も出てくるかもしれない。

菅野　昭和の役人っぽい軍人と対照的に、なぜ明治には乃木希典《のぎまれすけ》将軍のような立派な軍人が輩出したかというと、彼らが江戸時代の武士の教養教育を受けてきたからです。一方、近代以降の日本軍は武士を否定するあまりそういった文化をも捨てました。貴族が担ったヨーロッパの軍隊と異なり、軍人勅諭にも「軍人は紳士であれ」とか「教養人たるべし」というような「教養」が求められてはいませんでした。

「武士道」というと今の日本では「討死」「忠孝」といった単純化された固定観念だけが取り沙汰されますが、かつて武士道を賞賛した外国人――李登輝さんもそうでしょうが――は武士イコール戦闘者でありかつ文人、教養人という、理解を超えた人間の厚みと奥行き、人生観に感動したはずです。文武両道を外国人が覚えていて、日本人が忘れてしまったのでは困りものです。

浅田　李登輝さんに武士道について伺ったことがありますが、彼自身が大教養人で古今東西の知識を持っているから、武士道をそういう形で理解できるのです。そういえば、乃木にしろ、東郷平八郎にしろ、元武士であった人は魅力的です。

菅野　漢詩のひとつもひねる教養がありました。もちろん昭和にも、硫黄島で玉砕された栗林忠道中将という優れた軍人もいます。彼が戦地などから妻子に宛てた手紙から成る名著『「玉砕総指揮官」の絵手紙』を読むと、その文面から人間の幅を感じます。元士族の家に生まれ貧しいながらも猛勉強し、『ハムレット』に親しむほどの英語力も身に付けた末、多くの逸材を輩出した上海東亜同文書院と陸軍士官学校の両方に合格、日露戦争勝利の影響もあり、軍人の道を歩みます。尺八や詩吟も嗜《たしな》み、東海林太郎が歌った「愛馬進軍歌」の作詞にも関わったほどです。

浅田　昭和七年のロサンゼルス・オリンピックで金メダル（馬術大障害）を取って、「バロン（男爵）ニシ」と大喝采を浴びた西竹一も栗林中将と同じく騎兵であり、かつ硫黄島で玉砕しました。

菅野　武士がその教養の厚みのなかから武士道は「死ぬことと見つけたり」と言っているのを、とにかく死にゃあいいのだろうと単純化するのは、武士にも武士道にも失礼です。

浅田　山本常朝の「死ぬことと見つけたり」（『葉隠』）という言葉の裏にある、「いかに生きるか」という意味を読み取らずに「死」だけが強調されてはいけません。

菅野　常朝も最初から「死ぬことと見つけ」ていたのではなくて、主君・鍋島光茂の側役を紆余曲折がありながらも勤め上げた末の引退後の言葉ですから、彼自身が必死で生きてきたという経歴を無視して「死」という言葉だけを持ってくるのはおかしいです。

浅田　侍は十五歳で元服後、二十歳ぐらいで一人前と認められて、二十年勤めて四十代で子供に家督を譲る。そうすると老後、余生を充実させる時間が出てきます。商人ではありますすが伊能忠敬が引退後に地図をつくったような、趣味の延長であれ大きな仕事ができる。今は現場から去る潔さがありませんが、これでは余裕のある文化は生まれないし、モノも考えなくなります。一日の時間割にしても「八つ下がり」という言葉があるぐらいで、三時には仕事を終えて、後は考え事をしたり本を読んだりしていた。今はそんな時間が失われたどころか、本といったら経済のどこがどうだとかいうような、明日の戦力になるハウツー本しか読まなくなって、視野狭窄を起しています。

私も小説家になればいろんな本が読めて、いろんなことが考えられるだろうと思っていましたが、ひたすら原稿に追いまくられる（笑）。

汚い奴は使えない

菅野　武士が自分で自分に見切りをつけて、四十代で潔くパッと辞められたのは戦闘者だからです。戦闘というのはタイミングが全てで、ぐずぐずして退却できなかったり無駄足を踏んだりするのは戦闘者失格です。「潔さ」はもともと道徳ではなく、「あいつはいい動きをしている」という、戦闘者の緩急進退の美、いわば時間的なきれいさを表しています。それが人生観や精神などに昇華されて、道徳になった。

「小村二等兵の憂鬱」（『歩兵の本領』所収）でお書きになった、自衛隊においていくら戦技がよくても日常の内務が駄目なら駄目という感覚も、戦闘者ならではです。戦闘では見えているか否かが生死の境ですから。古参兵と新兵とで同じ靴を磨いても、古い人は「見る力」があるからピカピカにできる。武士も、普段から鎧を磨いて中に新しい薬を入れるとか、錆びないように刀をきちんと手入れするとか、戦闘者の心構えを平和な時代でも仕込まれています。それが「何でもいいからとにかくきれいにしろ」という観念だけになると、ただの変な道徳の押し付けです。

浅田　私がいた昭和四十年代の自衛隊では中隊に何人もの旧軍の下士官がそのまま居残っていたし、連隊長以上はみな旧士官学校の出身でしたから、帝国陸軍の麗しい伝統が残っていました。鉄砲を撃つのがうまいとか、銃剣術が強いとかいう、戦技に長じているのが優秀とみなされる一方で、靴をきれいに磨けるとか、ベッドをきれいにとれるとか、銃がいつもピカピカだとかいう、内務に優れるのが優秀な兵隊という評価もある。

その頃、父が連隊祭の見学に来たことがあります。だれが来てもいいように前日から便器の裏まで素手でピカピカにしたのに、父から「昔の軍隊と違って、今は汚いな」と言われました（笑）。伝統は細々と継続しつつも、その程度はまったく違うものかもしれません。

菅野　とはいえイラク派遣部隊の映像を見ても車輌はピタッと一直線ですし、麗しき伝統は今でも残っていますね。私が修行していた永平寺も掃除ばかりで、汚い奴は使えないと言われます。掃除したばかりのところに先輩僧がブラインドの裏の埃を指で拭《ぬぐ》って、「これは何だ」と叱る。こういう伝統は、キャバレーやヤクザの世界でも生きているようですが（笑）。

浅田　自分の家の掃除を業者に頼むというのは亡国ですね（笑）。

菅野　掃除当番がなくなって、嘱託の掃除の人にやらせるような学校もあるそうですし。

浅田　最悪です。日本は確かに汚くはなったけれど、それでも帰国して成田空港に降り立つたびに、日本の清らかさを感じます。ただ車が洗車されているというレベルではない、何か清らかな〝気〟が日本にはありますね。実は私の母方が代々、奥多摩の御岳神社で神主を務めていたからか、神道の清浄さが大好きです。

菅野　白い玉砂利がさぁっときれいに敷きつめられている景色の美しさ一つをとっても、日本人の「きれい」という美意識は、すべて神様と絡んでいます。

浅田　我々は忘れかけていますが、難しい理屈など何もいらない「清らかさ」という日本人の原型がそこにはあります。神社に行くたびに「清浄の気」に打たれます。

菅野　外国には金ピカの場所に現れる神様もいますが、日本の神様は何よりも清らかな神社に現れます。掃除すらさせられなくなった子供に「心洗われる」という美意識を教えるには、伊勢神宮にお参りさせれば一目瞭然です。

浅田　武士の「潔さ」と同じものを感じます。

菅野　武士は神様と深いつながりがあって、そもそも諸国一の宮に狩りをした供物を捧げる権利義務を持っていました。武家法の範となった鎌倉時代の「御成敗式目」も「神社を修理し祭祀を専らにすべき事」という条文から始まります。武士がある土地の神社に奉仕するということが、その土地を仕切るということを象徴的に意味したのです。江戸時代でも神社仏閣は武士の寄進で成り立っていましたし。源頼朝の富士の巻狩りもそうですが、巻狩りは神様に捧げる鹿などの供物をとるという宗教儀礼ですし、旗指物も神様の依代《よりしろ》です。

日本は「アジア」に非ず

浅田　連綿と日本の昔の形を温存している器は、神社仏閣だけですね。それにしても明治以降、宗教性がスーッと急速に生活から失われた気がします。

菅野　神社仏閣のお札を剥がさないと西洋文明が入ってこないと慌てる、まさに鹿鳴館の感覚です。そんなことをしなくてもゆっくりと西洋文明を入れた国はいくらでもあるでしょうに。

浅田　あれだけ西洋文明を信奉しても、キリスト教だけは我々の生活に入ってこないのはなぜでしょうか。

菅野　神社仏閣に参拝することが表面上は減っても、まだ体の中には神仏が根づいているのでしょう。ただこの感覚も、放っておけばいつかはなくなりかねません。

浅田　明治時代にラフカディオ・ハーンが日本に来て気がついたのがその感覚でしょう。『知られぬ日本の面影』などの随筆には、日本の美しさ、清らかさへの憧れが満ち満ちています。『怪談』で有名になったのが彼の不幸ですが、その『怪談』にしても日本の清らかで美しい文化を語ってやみません。

武士道というと新渡戸稲造の『武士道』が思い出されますが、彼は明治日本を外国に紹介しようとするあまり、キリスト教に毒されています。片やハーンはキリスト教が嫌で日本に来た、反キリスト主義者。この二つを併せ読むのをぜひお勧めします。

菅野　柳田国男の『明治大正史　世相篇』にも色や香りなどといった感覚の記憶を通して、美しい日本の文化がなくなっていく様が描かれています。ハーンのように今の外国人からも、日本人一人ひとりが不思議なものを秘めているように見えなければ、さらには日本人を見るためだけに来るという観光が成り立つようでなければいけません。ブランドショップでチャラチャラするようでは日本人失格です。日本人自体がブランドにならなければ（笑）。汚い、ごった煮感を売り物にする国もありますが、日本はそうではないですから。

浅田　日本はアジアの混沌のなかにただ一つ整然とたたずむ、反アジア的な国です。ヨーロッパのきれいさとも違いますね。パリなんてそこら中で犬がウンコしていても（笑）、石造りの道路や建物のおかげで最低限はきれいに見える。一方、紙と木で作られた日本の清浄さは特異です。長年の埃が積もっているはずのお寺のご開帳でも、不思議と清浄です。

菅野　苔が生えても清浄ですし。ヨーロッパのように滅ぼして消滅させる潔癖感とは違って、清める、浄化するというふわっとした感じがいいですね。これこそが、日本の国柄です。

浅田　侍にしても江戸だとよく火事で焼け出されるから余分なものは一切持たなかったそうですが、そういうのも清浄である理由でしょう。日本文学もそうで、森鷗外の小説は清浄な感じがします。筆写してもなぜだかわからないのですが、おそらくは彼がもともと侍の家の出で武士道の心構えのある明治人の典型だったからでしょう。

菅野　お医者さんで衛生学者ですし（笑）。

浅田　最近はやりの汚らしい文学には憧れません。真似はできなくても、「文学はかくあるべし」と聖書のように憧れうるものを鷗外の文学は持っています。

今からでも遅くない、イスラム原理主義ならぬ、日本原理主義でも皆で標榜しよう（笑）。

菅野　「科学技術創造立国」なんて財界とお役所主導のわけの分からない標語よりも、「清浄立国」を掲げましょう。道徳や精神もまずは「形」からで、手や体を動かしてきれいにするのは楽しいものです。年を取って、することがなくなったときに、町を一生懸命掃除するのもいいですね。

浅田　そういった生活実感という点からいえば、武士としての責任の自覚から始まっているからこそ武士道は優れていると思います。江戸時代における武士は施政者であり、役人であり、軍人であって、今でいえば国会議員も、地方や中央の役人も、税務署員も、裁判官も、警察官も、自衛隊員をも包含していた。そういった強権者としての自覚があるからこそ、箸の上げ下ろしから歩き方まで厳しく自分たちを律する道徳をつくり上げました。そういう厳しさを今の為政者が失っているのを見ると、武士道は今いずこです。

菅野　武士の基本は、全部自分でやるという自律であって、人に頼ればいいのに全部引き受けます。今の政治家はポンと別のところへ責任を押し付けて、「俺が全部引き受ける」という道徳がありません。だからといって全部任せると、今度は自分を律することなく、ただ権力を無責任に行使してしまいかねない。

浅田　死を覚悟するぐらいの責任感、すなわち腹切りの覚悟が必要です。民主主義の重大な欠点は、責任の所在が明らかではないことです。

菅野　大勢で責任をとるということの裏返しです。

浅田　いわば民主主義の一進化形である共産主義でより顕著ですが、どの指導者も自分に責任が帰結するという意識を持ちにくい。中国でずいぶん聞かされたことですが、集団農場などでは全体の生産力だけが問われるから、個人が手を抜いてもわからない。働く分だけ損をする仕組みです。

菅野　日本には、職人ならば皆と仕事をしても絶対に手を抜かないという文化がありますが、それもいつかはなくなるかもしれません。

浅田　全体を重視して突出を避けるという意味では、アメリカと比べて日本は完成された一種の社会主義国家ともいえることもあって、いよいよ責任感が欠けてきます。

菅野　だからアメリカのように最高責任者としての大統領制を導入せよという議論がありますね。日本の場合は下から上に順に頼っていって、総理大臣も最後には天皇陛下に頼ってしまいますが、あの構造はよくない。負けるときだけ天皇陛下に「聖断」を仰ぐなんて、軍人の風上にもおけない。戦闘行為には始めと終わりがある以上、戦争をやめられない奴は軍人とはいえません。そもそも陛下は神仏に対して大変重い責任を負うのです。世俗王政なら国民に対する俗世の責任はありうるでしょうが、そういうことはさせないでおいて、都合のいいときだけ担ぎ出して、負けた責任を負わせようなんて、失礼極まりない。

浅田　新渡戸稲造も言うように、武士道は封建社会があってこそのもので、江戸時代が壊れたときに武士道は立場を失うはずでした。ヨーロッパのように、騎士道精神を封建社会崩壊後も存続させたキリスト教のような宗教もなかったし。ところが明治維新後も元武士たちが明治政府を担った以上は、近代国家に「天皇」という「主君」を引っ張り出してまで、「武士道」を捻じ曲げてまで、国家形成を急いだと思います。

菅野　自立した国民なくして国家も成り立たないと福沢諭吉が主張したように、明治維新直後の国民は国家を背負うほどの力をまだ持ちませんでした。そこで明治政府は、国民一人ひとりを近代国家の担い手に育てようとして、軍隊もそうやって上からつくられます。ところが文化や教養を切り捨ててしまいましたから、役人っぽくてすぐに政治に口を出す軍人ばかりになってしまいました。そこに、「自分たち一人ひとりが主体的に国家を担う」という大正時代特有の文化的な目覚めが組み合わさるとよかったのですが。

浅田　軍人勅諭には「政治に拘《かかわ》らず」と明記されていたのに、大正軍縮以降の軍人閣僚は勅諭に違反しています。兵隊に対しては天皇陛下を建前として持ち上げつつも、将校自身がその精神を守っていない。実は天皇陛下をどうでもいいものとみなしていたのでしょう。

菅野　軍人勅諭の前文にも、近世まで武士が政治の大権を握っていたことへの非難が盛り込まれているのにもかかわらず、さんざん天皇陛下にご迷惑ばかりお掛けして、最後は敗戦の責任まで押し付けようとしました。

その点、武士であり教養人であった西郷隆盛なら、明治における武士道、いわゆる「明治武士道」をいい方向に持っていけたと思います。「敬天愛人」など「天」を大事にした人ですから、天皇は神祇官に、世俗政治は太政官にと、祭政分離することで天皇を安全なところに置いて、為政者自らが責任をとるようにしたのではないでしょうか。

浅田　明治十年に自刃するまで、西郷さんは武士道をまっとうして亡くなりました。視野の広い人で、後の世まで権力を持っていたら鹿鳴館なんて変なものはつくらなかったでしょう。

菅野　外国に振り回されない安定感は、儒学の教養を元にした武士道から来たのでしょう。よく彼は道徳ばかり説いて政策には疎かったと言われますが、心から道義を唱える人物なくして国家が本当にまとまるはずがありません。他の人が道具として道徳、武士道、大和魂を言っていたのとは好対照です。彼ならば、京都で宗教を天皇陛下にお任せして、東京には政府があるという、いい二元体制ができたはずです。やはり公武を分離させて、天皇陛下は京都にお住まいになった方がいい。関東の武張った土地にいらしてはよくありません。

浅田　一昨年に園遊会に呼ばれたのですが、手術後の病み上がりなのに一人ひとりに挨拶なさるというのはオーバーワークであり、宮内庁の配慮が足りないとお見受けしました。

菅野　そういう公務はほどほどになさって、あまり人前へ出ないほうがいいと思います。

浅田　ある明治の旧幕臣が随想で、「天皇陛下は将軍ほど偉くないと思った」という趣旨のことを書いています。征夷大将軍にお目見えするときは顔を上げてはいけなかったから、顔も姿も知らないのに、天皇陛下は直立したまま見られたからだそうです。臣下にそういう礼をとらせるのは、明治以来の西洋流でしょう。

菅野　永平寺の禅師様が通るときも、やはりずうっと頭を下げていなければなりません。後でテレビでお顔を拝見しましたが（笑）。それにしても私のような一介の僧侶でも儀礼のたびに疲れるのに、ましてや常に宮中祭祀において最高の祭主たらねばならない重責は想像を絶しています。日本でいちばん働かれる方であり、しかも自分のためではなく国民のために祈るのです。冬に冷たい水につかられるなど、そういう大変さに国民一人ひとりが思いを馳せねばなりません。昔は若くして即位して、あっという間に上皇になるのも体力的な問題が大きいのです。

浅田　今の形だと、女性が即位して果たして体力的に公務についていけるのでしょうか。

菅野　大丈夫だとは思いますが、男性であろうが女性であろうが大変なのに変わりはありません。

浅田　亡くなられた高円宮（憲仁親王）殿下におけるスポーツや文化、国際親善など八面六臂のご公務ぶりを考えただけでも、その大変さは想像できます。総理大臣は辞められても、天皇陛下は辞められないのだから、配慮は欠かせません。

菅野　むしろ退位できる仕組みも必要で、神様、仏様と付き合うという祭祀を、終身でお務めになるというのはご負担がきつすぎるようにも思います。

国旗・国家、靖国が議論になる恥ずかしさ

浅田　祭祀といえば、靖国の議論は不毛ですね。以前フランス人の記者から、「日本ではなぜ国旗・国家が社会問題になるのか」と聞かれてハッとしました。世界中の人々はそれぞれの国のナショナリズムを生まれながらに持っているのが議論にも値しないほど当然なのに、日本だけが議論を続けているのは恥ずかしい。靖国の議論も然りです。

菅野　日の丸は国旗なのだから掲げるべきだし、戦死者は靖国でお祀りされるべきです。

浅田　中国や韓国からどう干渉されようとも何も譲る必要はないのですが、干渉はこれから先も続くのでしょう。うんざりです。

菅野　うんざりする議論を書くように言われてこの前書きましたが（「諸君！」二〇〇五年一月号「靖国神社で、天皇主宰の慰霊祭を」）、天皇陛下がお祀りなさればいいのです。特定宗教がいかんというなら、坊さんでも神主でも牧師でもみんな引き連れられればいい。隣国に何を言われようと、世俗を超越した陛下は気になさらずともいいのです。宗教者でもない世俗の総理大臣にはどうしても限界があります。

浅田　なぜ天皇陛下が行かれないのでしょうか。そういえば、靖国を祀らないというのは反武士道的な感じがします。

菅野　日本の武士道には戦闘者の知恵として、一たび戦闘が終われば敵も味方も隔てなく祀って、死者たち同士の講和をなすという文化があります。だいたい敗者は亡びるので勝者が祀るのですが、日本は亡びなかった以上、敗戦国であれ堂々とお祀りするのが武士道に適っています。靖国境内左奥の方に鎮霊社という、世界中の戦没者を祀る社があるではないかといわれますが、それはそれでいいことですけれど、日本人がまず祀るべきは大東亜戦争の英霊であって、それを当事者でもないコソボ戦争とか何とかと一緒にすることは無意味です。

浅田　国家を一つの家として考えれば——国家を家として考えるのも世界の常識です——、自分のうちの仏壇に対して隣のうちが文句を言うから、先祖が祀れないというのは変です。

菅野　先祖を祀らなくなった今の日本人は、ご先祖様や子孫に顔向けができないという恥の精神を失った、祖先なき下郎に過ぎません。

浅田　アメリカの場合、家族意識が強いようでいて、そういう日本的なイエの観念がないですね。日本もだんだんそうなりつつありますが。

菅野　戦後の民法改正によって、イエが大家族から核家族主体にされた影響が大きいです。

私の親の世代までは佐藤愛子さんの『血脈』のように、居候だの養子だの、どういう血脈かわからない者同士がゴチャゴチャと一つ屋根の下にいるのが珍しくなく、それこそが日本のイエでした。なぜ戦後イエが毛嫌いされたのでしょうか。近代というものは「個」を重視するとはいえ、うまく軟着陸できたはずです。

浅田　戦後のアメリカ流個人主義が、麗しいイエを決定的に破壊したのでしょう。うちの母方は古い家だから、家を守ろうとしてやたらに知らないところから嫁をもらわなかった。そうなると血族結婚になりがちとはいえ、そこまでして守った家のかたちというのは麗しいものです。今のように皆が個の家を持つと先祖を祀る観念がどうしても希薄になりますが、それは自分の座標軸を見失うことで、歴史を否定することでもあります。

菅野　歴史は教科書だけが担うものではなく、じいさん、ばあさんの昔話そのものが歴史ですからね。子供は不思議と、家族の小さい頃の話を聞きたがるものです。ところが敗戦によって、この伝承が大きく断絶されました。柳田国男が大東亜戦争の末期、『先祖の話』で懸念を示したのがこの歴史の断絶です。長男すら兵隊にとられて亡くなって、先祖を祀る者がいなくなる。あたかも糠味噌《ぬか》が途絶えてしまうように祭が絶え、家が消える。

浅田　慧眼《けいがん》です。敗戦後の話ではありませんが、明治二年生まれの曾祖父が「うちはご維新でひどい目にあった」といっていたのを思い出します。聞いちゃ悪いと思って子供の頃は聞

き流していたのですが、今にしてみれば気になって仕様がない（笑）。ただ曾祖父にしても
それ以上語らなかったということは、抹殺したいほどひどい記憶ではないかと思います。先
の戦争のときも、そういうパッという消え方をした歴史もあるでしょう。

菅野　昔は、本家の総領がその伝承を守る係だったのですが。

浅田　戦死したり、核家族化でバラバラになったりしてしまいました。

菅野　明治維新のときも死者が多かったし、江戸がガラガラになって武士同士の付き合いも
バラバラになってしまったのでしょう。

浅田　女房の里に行くと本堂の裏に位牌がダーッと並んでいるし、過去帳もきちんと管理さ
れているのですが、東京の場合は自分がどこの檀家かもわからない。祖父の葬式は中野の浄
土真宗のお寺であげた。父がなぜか日蓮宗で、おふくろが亡くなったとき、離婚した父と一
緒ではまずかろうと思って、近所の高幡不動、真言宗であげちゃった（笑）。私は菅野さん
に頼もうかな（笑）。

菅野　どうぞ（笑）。生前戒名などもそうですが、東京の人は死後の安心感を求めています
ね。

浅田　これからの都市生活者は、独身だの「負け犬」だのだらけで、わけがわからなくなり
ます（笑）。

戦車も僧侶もなき、致命的曖昧さ

菅野 祖先に顔向けができないというだけでなく、妻子のために生きるというのも武士です。『壬生義士伝』で主人公が妻子に「わしの主君(あるじ)は南部の御殿様ではねがった。……お前たぢこそが、わしの主君じゃ」と語るように回想する場面に、武士の真髄を見る思いがします。

浅田 武士も表立っては「妻子のため」とは言えなかったと思いますが、わずか百三十年前の人間の考えていたことは現代の我々とそんなに変わらないはずです。我々だって会社勤めしていても、「会社のため」以前に、給料を増やして女房子供を豊かにしたいという前提があってこその「忠」ですから。

菅野 後に水戸学派が「忠孝一本」を唱えるように、戦国の乱世では主君に仕えるのと、家で主として子供を育てるということが、武士のなかで矛盾なく重なっていました。己の名利、己の一部である所領と妻子、そしてこの私とこの主君という極私的な心情を上も下も共有していないと、一体で闘うことなんてできません。「妻子のため」というのは大変であり道徳の根本ですから、家族も「お父さん、偉いんだ」と褒めてあげないといけない(笑)。

浅田　先の戦争において幼年学校から純粋培養された将校は「妻子のため」とは考えなかったかもしれませんが、赤紙で徴兵された兵隊は「国のため」と言われてもピンとこずに苦悩しながら死にました。神風特攻隊の遺書を読んでも、死ぬ意味を何とか見つけて死んでいくのがわかります。そこでも国家以前に、妻子の命が助かるならばと思いながら戦死したというのが本音でしょうし、その実感なしには人間は死ねません。

菅野　外から強制される法律と違って、道徳は自分で自分に命令するものです。そうであるならば、妻子でも年老いたおふくろでも彼女のためでもいいですが、そういう一人ひとりの実感とつながらない道徳には、従う理由はありません。その点、江戸時代の政治は「衣食に困らず、老人や身よりのない者を悲しませない」といったような、温かな幸せのイメージを提示していました。今の政治はノーベル賞を何年以内に何個とるだとか、「科学技術創造立国」とか、産業やカネのためだけで我々の実感としてはわけのわからないものばかりです。

　天下国家を論じるような小説でも、そういった実感に基づくヒューマニズムがないと、ただのゲームでしかない。その点、福井晴敏さんの『亡国のイージス』は、戦闘に関する道具立てのおもしろさとは別に、親子の関係がリアルに感じられ、それが自衛隊の論議につながっていくところがすごい。自衛官だって同じ日本国民としてお給料をもらって妻子を養っているのだから、そういった実感なしの議論ほどむなしいものはありません。

浅田　今は首相でさえあっさりと自衛隊は軍隊だと身も蓋もなく言える時代ですが、私が自衛隊にいた頃はその出自すら曖昧で、軍隊でなければ何なのかと問われると思考停止するしかない。俺たちは何者なのかという心棒、魂が抜けたような致命的なあやふやさがありました。

菅野　武士道はあやふやさを嫌います。何を守るかがハッキリしなければ戦闘はできませんから。イラクに自衛隊が派遣される際、武士道が取り沙汰されました。でも武士道というなら、戦闘者たるべく最新鋭の戦車を持たせるべきです。武士道といいながら丸腰で往《い》かせるなんて、梯子《はしご》を外すようなもので気の毒だし、失礼です。給水作業は企業にやらせて、自衛隊はその企業を警備するというのが戦闘者として最低限の後方支援のありかたです。さらには戦闘者として死の可能性を見据えて、僧侶を従軍させなければ駄目です。戦死したとき、放っておくつもりでしょうか。

浅田　アメリカ軍には従軍牧師が徹底的についてきます。死刑囚でさえ僧侶がつくのに、戦死したときに慰霊する人がいないなんておかしい。そういうことに日本は無神経で、厚生労働省主導による先の戦争の遺骨収集も捗《はかど》っていないようですし。戦後六十年経っても、沖縄からはまだ次々と遺骨が出るぐらいです。

菅野　沖縄はかみさんの親父の仲間が戦死したところなので、戦後五十年目のときにお経をあげました。私も引退したら各地に慰霊に回りたいと思います。昭和の天皇陛下も慰霊にいらっしゃりたかったと思います。官僚にせよ政治家にせよ、その意を汲めない政治は無神経で繊細さに欠けています。

浅田　ガダルカナルに行かれたところで、何の政治的問題もないはずです。

菅野　戦争の取材をなさるときには、私もご一緒してお経をあげに参ります。

浅田　グアムやサイパンに観光で行く気はしないし、沖縄に行ったときも結局とんぼ返りでした。戦争小説を書く以上は激戦地を巡って思いを致さないと申し訳ないのですが、中途半端な気持ちで戦跡を見たくない。戦争を知らない我々戦後生まれだからこそ逆に真実に迫れるという考え方もあるから、書かねばいけないと思います。実際、従軍した人たちの史料の中には、美化したり貶《おとし》めていたりと、脚色も多い。あるいは司馬遼太郎さんのように経験した結果として書けなかったというのもある。とはいえ、経験者や遺族がいまだ大勢いる前で書くというのは大きなプレッシャーと責任を感じます。今まで書いたものを読み直してみても、おっかなびっくり、腰が引けて書いているのがわかります。

菅野　実録ものは基本的に自分を納得させる世界であって、鎮魂とは違う語りです。伊藤桂一さんの『悲しき戦記』や大岡昇平さんの『レイテ戦記』など、体験を元にした戦記小説が例外的に、鎮魂の一つのスタイルだと思います。ただ『平家物語』のような、しがらみがないところの鎮魂の形をぜひ拝読したいです。浅田先生にしかできない仕事だと思います。

掲載　「諸君！」　二〇〇五年五月号

文庫あとがき——小説の嘘と対話の真実

浅田　次郎

対談が単行本になる例は少ない。さらに文庫化されるとなれば、稀有と言ってもよかろう。ほとんどの対談は雑誌掲載によって使命をおえ、翌週翌月にはこの世から消えてなくなっているのである。

もし仮に、やがて書物になるという前提があったとしたら、主客にかかわらずこの仕事を引き受ける人はいないであろう。あるいは、相互が恒久的な書物に耐えうるような話し方をして、すこぶる教条的な、つまらぬ対談となるにちがいない。

書いた文章は活字となって残る。一方、しゃべった声は消滅する。その原理に則って、私たち「言葉」を生業とする者は「執筆」と「対談」「講話」を分別している。むろん思想はひとつだが、文章には記録に残って然るべき精密さが常に要求され、会話には自由闊達な表現が許される。

したがって「対談集」や「講演録」の刊行は、当人にしてみれば実に恐怖の企画なのだが、恐怖すること自体がアイデンティティーを疑われるので否とは言えぬ。しかもゲラ校正に際しては、やはりアイデンティティーを疑われるのでめったに訂正の筆も加えられぬ。しゃべったことがのちに書物となってもよい、と考えるのは孔子のような哲人に限られるのである。

では、そうした恐怖を超克してまで、なにゆえ書籍化や文庫化に同意するかというと、これがまた難しい。

小説家は小説を書くことが本分なのだが、その生産性は当人ひとりにかかっている。まさか代筆は頼めず、アシスタントも雇えない。小説の工房など歴史上にもありえなかったし、むろん似たような睡蓮の絵を量産することも許されぬ。

しかし、日本人の仕事には「義理」という道義的責任が必ず課せられていて、生産性の如何にかかわらずこの責任を何らかの形で果たさねば、「不義理」という前科が付されてしまう。

そこで、多年の義理に小説や随筆で報いることが物理的に不可能となった場合、「対談集」だの「講演録」だのというジョーカーが切り出される。

ただいま勢いで書いて思わず肯いたのだが、まさしく「ジョーカー」なのである。一種の禁忌ではあっても、そこには先に述べたような「自由闊達な表現」が存在するのであるから、熱心な読者にとっては、おそらく小説や随筆よりも面白いであろう。

かくして、そもそもは「義理を果たす」という不純な動機によって上梓されたこの対談集は、思いがけずに版を重ね、ついに文庫化となった次第である。

ちなみに、本書の対談中にも触れている新渡戸稲造は名著『武士道』の中で、「義理は義務である」と断言している。それくらい私たち日本人は道徳としての義理を重んじており、ゆえにこれを欠くことは成功と繁栄につながる早道ではあるけれども、同時にろくな結果にはならぬ。


さて、この対談集には十六人のお相手が登場する。日ごろから親しい仲もあれば、よく知らない人もいる。年齢職業性別はまちまち、掲載された初出誌もばらばら、というところが面白い。要するに、対談集としての大枠を欠いており、話題も何ひとつ打ち合わせのない行きあたりばったりで、まこと自由闊達に語り合う感がある。

そのことだけでも怖ろしいといえば怖ろしいが、さらに恐怖すべきはそれぞれの対談が行われた日付である。最も古いものは冒頭の白川道氏との対談で一九九六年六月、以下は話材にかかわらず歳月を追い、二〇〇五年五月の菅野覚明氏が棹尾となる。その間、実に十年である。

年齢でいうと、満四十四歳から五十四歳にかけての対談となる。むろん私はその十年間を遁世していたわけではなく、刑務所の幽窓を見上げていたわけでもない。環境はめまぐるしく変わり、体力が落ちたかわりにずる賢くもなり、思想の変節も夥しく、ともかくいろいろなことがあった。

にもかかわらず、十六件の対談が暦日などお構いなしにべろりと並ぶのだから怖ろしい。しかも文庫化に及べば歳月はさらに流れて、この一文を書いている私は今や六十歳、昨年は初孫も誕生してすっかり好々爺に成り下がった。

読者の皆様にはまず何よりも、その事実を理解しておいていただきたい。そうでなければ、歳月のもたらした言行の矛盾が気に障るはずだからである。

しかしながら、本人が読み返してみるとその言行の矛盾がまた興味深い。まるで誰かが悪意を以て捏造した私の言行録を、むりやり読まされているような自虐的興味を覚える。

ということは、対談の十年間とその後の六年の時日の間に、私はまさか今さら成長はするまいが相当に変質したのである。

たとえば、若き日のアルバムを開いた気分、とでも言えば当を得ていると思う。

かにかくに、頭が下がるのは文庫化にあたって許諾を頂戴した諸氏である。つごう十六年の歳月は、私の上にばかり流れていたわけではない。

古いアルバムなど、今さら見る気にもなれぬという向きもおありかとは思うが、すでに鬼籍に入られた方までもがこぞってご寛恕なされたことを、この場を借りて感謝する。


ところで、かように恐怖し、おそらくお相手の諸氏を恐怖せしめてまで文庫を刊行せんとする理由は、まさか義理でもなければ自虐でもない。ひとえに、過去のおのれの言行を大切にしたいと思うがゆえである。

原稿用紙に向かうときは、いつも心を一にして誓う。

未来のおのれに恥じぬものを、と。

それが物を作る人間の欠くべからざる心がけだと思うからである。作り続けながらの上達を許すほど、芸術の神は寛容ではない。もし熟練が全能であるとするなら、あらゆる芸術家の畢生の傑作は遺作ということになる。そうした前例を私は知らない。

また、折にふれて自作を読み返すときにも、やはり心を一にして思う。

過去のおのれを敬すべし、と。

人間はえてして、変容を成長と見あやまって堕落するからである。むしろ気力体力にまさり、才能に忠実であった若き日のほうが、すぐれた作品を生み出す土壌を持っている。そうした傑作の前例は枚挙にいとまない。

何も小説家に限った話ではなく、すべての人生について言えると思うのだが、過去を畏敬してこその現在であり、かつその現在も未来の自分にとっては、畏敬されるべき過去でなくてはならない。

幸い本業たる小説は、すべてが書物として残っているから、いつでも読み返すことができる。しかし声に出した言葉は残らない。この巻には小説という嘘をつき始めた私の、真実の声が隠されている。

対談の冒頭となる一九九六年六月といえば、『蒼穹の昴』が刊行された直後である。つまりその時点での小説の既刊は、『きんぴか』の四部と『プリズンホテル』の三巻まで、シリアスな作品としては『日輪の遺産』と『地下鉄《メトロ》に乗って』のあるばかりであった。

対談集にまとめてしまうと、十年の歳月も一炊の夢であるが、実はその間に五十冊ぐらいの著作を出しているはずである。そうこう考えれば、小説の虚構と対話の現実を照らし合わせて、この対談集を最も興味深く読むことのできる読者は、私自身にちがいない。

こうして時を経て読み解くのもまた、過去を敬し、未来に恥じぬためである。

この作品は二〇〇六年十二月河出書房新社より刊行されたものです。

すべての愛《あい》について

浅《あさ》田《だ》次郎《じろう》

平成24年12月10日　初版発行

発行人——石原正康
編集人——永島賞二
発行所——株式会社幻冬舎
〒151-0051東京都渋谷区千駄ヶ谷4-9-7
電話　03(5411)6222(営業)
　　　03(5411)6211(編集)
　　　振替00120-8-767643
印刷・製本—中央精版印刷株式会社
装丁者——高橋雅之

幻冬舎文庫

ISBN978-4-344-41948-3　C0195　あ-37-3